Romans Espagnols.

GOMEZ ARIAS,

OU LES

MAURES DES ALPUJARRAS,

ROMAN HISTORIQUE ESPAGNOL,

PAR

D. Telesforo de Trueba y Cosio,

TRADUIT

PAR L'AUTEUR D'OLESIA OU LA POLOGNE, D'EDGAR,
ET DE VANINA D'ORNANO.

TOME TROISIÈME.

PARIS,

CHARLES GOSSELIN, LIBRAIRE

DE SON ALTESSE ROYALE MONSEIGNEUR LE DUC DE BORDEAUX,

RUE SAINT-GERMAIN-DES-PRÉS, N° 9.

M DCCC XXIX.

DE L'IMPRIMERIE DE LACHEVARDIERE.

COLLECTION

DE

ROMANS ESPAGNOLS.

GOMEZ ARIAS.

DE L'IMPRIMERIE DE LACHEVARDIERE,
RUE DU COLOMBIER, N° 30.

GOMEZ ARIAS,

OU LES

MAURES DES ALPUJARRAS,

ROMAN HISTORIQUE ESPAGNOL,

PAR

D. Telesforo de Trueba y Cosio,

TRADUIT

PAR L'AUTEUR D'OLESIA OU LA POLOGNE, D'EDGAR,
ET DE VANINA D'ORNANO.

TOME TROISIÈME.

PARIS,

CHARLES GOSSELIN, LIBRAIRE

DE SON ALTESSE ROYALE MONSEIGNEUR LE DUC DE BORDEAUX,

RUE SAINT-GERMAIN-DES-PRÉS, N° 9.

M DCCC XXIX.

GOMEZ ARIAS,

ou

LES MAURES DES ALPUJARRAS.

***

CHAPITRE PREMIER.

Sierpes apacienta el pecho
De una muger ofendida.
MORETO.

Ah taci! ogni parola
Mi drizza i crini; assai dicesti; basta
Basta cosi, non proseguir.
MONTI.

Roque se hâta de quitter le jardin; car, quoique le pauvre garçon désirât vivement de rendre quelque service à Theodora, il ne se sentait pas disposé à encourir pour cela le mécontentement

5. I

de son maître et à s'attirer son indignation. Le valet résolut de garder un
silence absolu sur son entrevue avec
Theodora; et il se flatta que les craintes
de cette malheureuse fille l'engageraient
à prendre le même parti. Il pensa donc
qu'une rencontre imprévue était le seul
danger à redouter.

Pendant ce temps, Theodora, déchirée par mille craintes et en proie au
désespoir, s'était enfermée dans sa
chambre. Agitée par des passions diverses, elle résolut d'abord de chercher
à voir son amant parjure, afin qu'il
s'expliquât sur sa conduite cruelle et
dénaturée; puis tout-à-coup elle fut
arrêtée, et en quelque sorte glacée par
un sentiment d'effroi. Dans son décou-
ragement, elle se jeta sur son lit, ce
témoin insensible de ses chagrins, et
arrosant de larmes amères les riches
étoffes qui le couvraient, elle s'écria :

— Oui, c'est bien lui que j'ai vu la nuit dernière.

Ce peu de mots exprimait en partie le sujet de sa douleur ; et en effet, quelle idée pénible ! elle avait vu son amant venir la nuit dans ce jardin ; le sourire embellissait ses traits, et ses yeux brillaient de plaisir et d'espoir. Il était heureux, et ne pensait plus à la malheureuse Theodora. Il avait abandonné celle à laquelle il avait juré un amour éternel, celle qu'il avait promis de reconnaître aux yeux du monde pour sa compagne. C'était le comble de l'ingratitude ; et cependant Theodora préférait attribuer la conduite de Gomez Arias à ce plus grand défaut du cœur humain, plutôt qu'à son amour pour une autre. L'idée qu'elle avait à jamais perdu son affection était une souffrance plus cruelle que toutes celles qu'elle avait jusque là endurées ; et, malgré tous ses efforts, elle ne pouvait réussir à la chassèr de son esprit.

La causeuse Lisarda ne tarda pas à revenir : elle demanda la permission d'entrer, et, quoique Theodora fût peu disposée à encourager ses insignifians discours, elle fut intérieurement satisfaite de son arrivée. C'était par elle que pouvait être éclairci ce mystère qu'elle désirait et redoutait extrêmement d'approfondir. Elle ouvrit sa porte, et, à peine entrée, Lisarda dit avec sa volubilité ordinaire :

— Il faut, Madame, que vous me pardonniez de vous avoir laissée seule aussi long-temps ; mais vous concevez quel grand jour que celui-ci : l'attente de l'arrivée de mon maître, et les préparatifs de la noce, mettent tout le palais dans un mouvement sans égal.

— N'en parlons plus, répondit Theodora ; vous n'avez pas besoin d'excuses ; je ne suis ici qu'une étrangère, et

je n'ai aucun droit à ce que l'on s'occupe de moi, surtout dans un moment
comme celui-ci.

— Il est vrai, continua Lisarda, que
c'est une grande occupation : le célè-
bre Don Alonzo arrive aujourd'hui,
et demain sa superbe fille sera conduite
à l'autel par son galant fiancé. Imagi-
nez-vous, mon aimable dame, quelle
noce ce sera. La Reine et le Grand-
Maître de Calatrava, représentant le
Roi absent, assisteront à la cérémonie.

— Ce témoignage de la faveur
royale, dit Theodora, est une grande
preuve du mérite des deux époux :
mais je ne sais pas encore le nom du
Chevalier qui s'est rendu digne d'un
tel honneur.

Elle prononça ces derniers mots
d'une voix si altérée que Lisarda, quoique bien légère, aperçut tout de suite
son trouble.

Dios nos defienda! (1) s'écria-t-elle,
qu'avez-vous, Madame? vous êtes d'une
pâleur frappante. Mais c'est bien votre
faute, puisque vous ne voulez pas consulter; si vous-vous décidiez à voir Samuel Mendez et à écouter ses avis,
Dieu sait que vous vous trouveriez
bien mieux, car, croyez-moi, Madame,
ces misérables Juifs guérissent mieux
que la plupart de nos bons Chrétiens.

— Je vous assure, interrompit Theodora, que si je refuse de voir le doc-
teur, ce n'est pas parcequ'il est Juif;
infidèle ou vrai croyant, je n'hésiterais
pas à avoir recours à ses soins, si je
n'étais persuadée qu'ils ne peuvent
rien sur mon indisposition. — Ainsi,
je vous en prie, ne parlons plus de ce
Samuel Mendez, et dites moi plutôt le
nom du futur époux de Leonor.

(1) Que Dieu nous protége.

Oh! vous pouvez bien dire l'heureux
époux, madame, car Dona Leonor est
une femme accomplie, une femme superbe; et si elle n'était.....

— C'est une femme accomplie? répéta Theodora.

— Vraiment oui, et une fille soumise. Elle va aller à la rencontre de
son noble père, qui fait aujourd'hui son
entrée triomphale dans la ville, et elle
sera accompagnée par son futur époux
et une suite nombreuse et brillante. —
Mais, écoutez; entendez-vous le bruit
des chevaux et le son des trompettes?

Elle courut vers la fenêtre, et Theodora la suivit toute tremblante.

— Les voilà, s'écria Lisarda avec
joie, les voilà qui vont partir. Voyez,
madame, Leonor monte à cheval, son
fiancé tient l'étrier.

Theodora jeta un regard avec crainte,
et son cœur fut brisé; un seul regard
suffit pour lui faire voir toute l'horreur

de son sort. — C'était Gomez Arias qui donnait la main à Leonor : il avait près d'elle ce sourire enchanteur et ce regard éloquent qui avaient séduit la malheureuse Theodora.

Sans pousser un cri, un soupir même, elle recula silencieuse d'horreur. Il ne lui restait plus maintenant rien à espérer ou à redouter; aucun péril à craindre. — La coupe du malheur était épuisée; elle venait d'acquérir le courage passif de l'indifférence et du désespoir.

Lisarda, entièrement occupée de la beauté de la cavalcade, continua ses observations sans faire attention à Theodora : — Les voilà qui partent. — C'est vraiment superbe ! — Don Lope est un cavalier trop gracieux pour que je puisse blâmer le goût de ma maîtresse. Qu'en pensez-vous, Madame? On dit bien qu'il a plus d'une faute grave à se reprocher, pour toutes les jeunes filles qu'il a séduites : pauvres malheureuses ! Que le Seigneur soit miséricordieux pour elles ! Moi, je les plains. Mais, certainement, c'est bien leur faute. — Elles étaient bien folles de croire aux belles promesses d'un tel homme ! — Qu'en dites-vous, Madame ? N'ai-je pas raison ?

En ce moment, la cavalcade disparut ; ce qui heureusement mit un terme aux remarques de Lisarda. Elle se retourna vers Theodora, qui était immobile depuis le moment où elle avait connu toute l'étendue de son malheur.

— Eh bien ! Madame, dit-elle étourdiment, que puis-je donc faire pour vous distraire ? Je ne sais vraiment qu'imaginer. Le beau spectacle dont vous venez d'être témoin aurait dû cependant vous faire plaisir. Ne puis-je donc vous offrir aucune consolation ?

Theodora, levant les yeux vers elle, la remercia de son zèle, et ajouta : —

Si quelque chose pouvait diminuer mes
chagrins, ce serait probablement la liberté de m'en nourrir, et l'indulgence
du monde.

— Oh! Madame, il ne faut pas qu'il
y ait des figures tristes à la noce. *Virgen de las Angustias!* Cela serait un
bien mauvais présage! Consolez-vous,
Madame; il n'y a rien de tel qu'un bon
exemple, et je suis sûre que vous ne
voudrez pas diminuer la joie générale.
Reprenez votre gaieté, Madame; l'a-
venir vous promet plus de bonheur.
Pendant les fêtes de demain, vous serez, je parie, distraite par ces choses
qui sont intéressantes pour toute femme
qui a, comme nous, le bonheur d'être
encore au printemps de la vie. N'ai-je
pas raison?

— Heureuse! s'écria Theodora d'une
voix déchirante, — heureuse! Puis,
cherchant à faire oublier ce que son

exclamation pouvait avoir de trop frap-
pant, elle ajouta :

— Quelle femme peut être assurée
d'être heureuse en ce monde ?

— Hélas! ce n'est que trop vrai! répondit Lisarda ; car il y en a beaucoup
qui ne connaissent que l'amour malheureux et qui meurent de douleur.
Elle s'efforça de soupirer et ajouta : —
Et il arrive bien souvent que ceux qui
sont mariés maudissent le jour où.......
mais il ne s'agit pas de cela ici.

— Demain! — c'est réellement demain que la cérémonie doit avoir lieu ?
demanda Theodora.

— Irrévocablement : elle a été bien
assez long-temps différée. Sans des em-
pêchemens inévitables, les deux jeunes
amans seraient depuis plusieurs mois
au comble de leurs vœux.

En ce moment, de bruyantes acclamations et le son des trompettes annon-
cèrent l'entrée de Aguilar dans Grenade,

et Lisarda s'empressa de sortir, laissant
Theodora plongée dans ses sombres réflexions. La malheureuse fille de Monteblanco avait acquis la certitude de la
trahison de son amant : Gomez Arias
était infidèle et doublement coupable.
Theodora ne pouvait comprendre sa
conduite froidement barbare, et elle
était absorbée, comme lorsque l'on
s'efforce de rassembler les souvenirs
vagues d'un rêve pénible. Elle passa sur
ses paupières ses mains glacées, et quelques larmes s'échappèrent de ses yeux
rendus étincelans par le courage du désespoir.

Un sourire amer faisait mouvoir ses
lèvres décolorées, autrefois animées par
un sourire céleste, et ses doigts trem-
blans pressaient ce front où se peignait
l'égarement. Tout-à-coup elle se leva,
comme poussée par une puissance in-
connue, s'approcha de la fenêtre pour
écouter, et les noms de Aguilar et de

Gomez Arias, répétés mille fois, aug-
mentèrent le trouble de ses sens. Elle
frémissait en pensant que le jour suivant naîtrait pour la rendre témoin de
l'union de son amant avec sa rivale.

Dans ce combat pénible, toute sa physionomie s'altéra : ses yeux brillèrent de
folie, et ses mains s'entrechoquaient
avec violence en cherchant à rejeter en
arrière sa chevelure gênante. Ensuite
elle s'arrêta, semblant méditer quelque effrayant projet; un mouvement con-
vulsif gênait sa respiration; le sang, d'a-
bord glacé dans sa source, revint avec
impétuosité dans ses veines, les gonflant
d'une manière effrayante, et un rire affreux succéda aux accens de la voix la
plus mélodieuse.

Telle était cette Theodora, qui, naguère brillante d'une grâce enchante-
resse, faisait par sa douceur angélique
le bonheur de la maison paternelle et
l'orgueil du meilleur des pères, et qui

maintenant semblait un être entièrement privé de raison. Hélas ! peu d'instans avaient suffi pour rendre cette fille chérie méconnaissable à l'amour paternel. Le cœur de Theodora, autrefois le sanctuaire des sentimens les plus purs, ne renfermait maintenant que les passions les plus violentes et les plus étrangères à son naturel ; elles se peignaient dans ces traits autrefois le modèle de la douceur et de la sensibilité.

Il est malheureusement trop vrai que le cœur tendre d'une femme, lorsqu'il a été profondément blessé par l'ingratitude d'un homme, peut être poussé par le sentiment de l'injure et par la douleur aux plus sombres résolutions.

Le silence de son appartement n'était troublé que par le bruit de ses pas irréguliers, tandis que les voûtes du pa-

lais retentissaient par momens de cris
de joie.

Mais cet accès de démence était trop
violent pour durer. Le moment fatal
approchait où la crise se termine im-
médiatement par acte de folie ou par
quelque résolution effrayante, méditée
avec calme. Les forces de la victime
étaient épuisées ; elle devint tout-à-coup
tranquille : son esprit parut irrévocablement fixé sur quelque acte de délire ; sa physionomie froide conserva
l'empreinte du désespoir et son existence parut soumise à une puissance
nouvelle.

CHAPITRE II.

Aguarda hasta que yo pase
Si ha de caer ima teja.
                            QUEVEDO.

Este misterio aparente
Te voy, Señor, a explicar.
                            ZARATE.

Nous pensons qu'il est temps maintenant de retourner sur nos pas pour
reparler d'un personnage qui a joué un
rôle important dans le commencement
de cette histoire. Le lecteur doit se souvenir d'un certain Don Rodrigo de
Cespedes, qui tint si bien sa place dans
un ou deux des chapitres précédens,
mais qui eût ensuite la meilleure de

toutes les excuses pour ne plus repa-
raître depuis. C'est à lui qu'il nous faut
revenir : je demande donc au lecteur
de détourner son attention pour quelques instans des évènemens présens,
quelque intéressans qu'ils soient, pour
refaire connaissance avec ce brave et
malheureux Cavalier. Et c'est bien le
cas de dire ici combien en général je
déteste les interruptions, et combien je
trouve dure cette nécessité à laquelle
tout auteur est obligé de se soumettre,
de suspendre son récit au moment où
il commence à devenir un peu intéressant.

Il est juste de remarquer que la ma-
jorité des lecteurs est d'un caractère si
curieux qu'on ne peut lui persuader
de prendre en bonne part ce qu'elle
lit, et de s'en rapporter aveuglément à
la bonne foi de l'auteur pour la vérité
de ce qu'il raconte. S'il en était comme
nous le désirons, on épargnerait beau-

coup de temps, les explications deviendraient inutiles, les ouvrages plus courts et par suite plus amusans, et tout cela, il nous semble serait un avantage immense pour le monde littéraire. Quoi qu'il en soit, il nous faut prendre les choses comme elles se trouvent établies, et puisque le lecteur attend un dénouement heureux et circonstancié pour toute aventure un peu mystérieuse, hâtons-nous d'obéir à cette coutume. Revenons-en donc à Don Rodrigo.

Nous l'avons laissé avec son valet Peregil, attendant patiemment la bonne volonté de leurs mules, et n'ayant rien de mieux à faire pour passer le temps que de soupirer, se plaindre et s'impatienter. La nuit était affreuse et l'arbre sous lequel nos amis s'étaient mis à couvert n'offrait que peu d'abri. Si ce lieu de repos était peu commode, ils pouvaient compter sur un souper encore moins agréable : ce n'était que

de l'herbe, en grande abondance, il est
vrai , mais d'un goût fort désagréable.
Si bien que, soit manque d'appétit, soit
habitude de luxe, ils abandonnèrent la
jouissance entière de ce repas à la mule
du révérend Père et à l'âne du *Mesonoro.*
Nos voyageurs ne pouvant donc ni souper ni se reposer, prirent le parti de
se résigner à leur triste sort et d'attendre l'approche du jour avec cette patience que leur imposait la nécessité.
Don Rodrigo, poursuivi par l'idée pénible que son rival Gomez Arias avait
péri dans le combat, désirait vivement
arriver jusqu'aux montagnes pour y
trouver une retraite sûre et y rester
caché jusqu'à ce qu'il pût rentrer sans
crainte dans Grenade.

Aussi, à peine les premiers rayons
de l'aurore eurent-ils coloré la terre
encore endormie, que Don Rodrigo,
dans son impatience, s'empressa de
voir s'il pouvait compter sur sa mule.

Peregil imita son maître, et s'étant as-
surés que l'abondance du repas avait
rendu beaucoup de forces à leurs mon-
tures, ils partirent promptement, marchant vite pour réparer le temps perdu,
et ils poursuivirent leur route vers la
partie la plus sauvage et la plus déserte
de cette solitude.

Don Rodrigo et son valet continuè-
rent à errer pendant deux jours, sans
avancer beaucoup, grâces aux mauvaises dispositions de la mule et de
son compagnon. Ils ressemblaient dans
leur course à un Chevalier errant et à
son digne écuyer, avec cette seule dif-
férence que ces derniers devaient re-
chercher les aventures avec empressement, tandis que Don Rodrigo désirait
vivement les éviter. Le pauvreChevalier
se trouvait dans la position la plus pénible; sa vengeance avait été satisfaite,
et maintenant des sentimens plus généreux s'étaient emparés de son cœur.

Il pensait avec remords que, pour
laver une injure particulière, il avait
privé sa patrie d'un de ses plus braves
défenseurs; enfin, comme tout amant
placé dans une position semblable, il
sentait bien que la femme qui avait
d'abord dédaigné ses hommages, les
repousserait avec horreur, maintenant
qu'il s'était couvert du sang d'un rival
préféré. Son esprit ne se nourrissait
que de réflexions aussi tristes, car rien
ne rend un homme prudent et pensif
comme une position périlleuse. Bientôt
ils arrivèrent dans la contrée occupée
par les Maures rebelles, et leur position devenant de plus en plus dangereuse, leur inquiétude en augmenta.

Cependant Don Rodrigo supportait
avec le plus mâle courage sa triste position; mais son valet, faute d'autre
ressource, donnait un libre cours à ses
plaintes.

— Seigneur, dit-il en se tournant

vers son maître, que le Ciel nous pro-
tège, mais il me semble que nous
nous enfonçons de plus en plus dans
les périls. Nous avons fui les Alguazils
pour tomber dans les griffes des Maures ; et après tout, quelque désagréable
que soit l'aspect des premiers, j'aimerais
bien mieux être maintenant entre leurs
mains que d'avoir à redouter la rencontre dangereuse des infidèles. Plût à
Dieu que je fusse tranquillement et
commodément enfermé entre les murs
du plus noir donjon de Grenade!

— Eh bien donc! reprenons le chemin de Grenade, et livrons-nous à la
colère des amis de Don Lope, dit Don
Rodrigo; car, quoique doué d'une
grande bravoure et de beaucoup de
courage, il sentait bien que ces vertus
ne le protégeraient pas contre les ennemis qu'il risquait de rencontrer en
avançant.

— Vraiment oui, reprit Peregil, re-

tournons à Grenade, et que notre bon
Ange gardien nous y conduise sans
encombre! — que la Vierge soit bénie!
— Ces contrées sauvages sont extrêmement désagréables pour un homme comme moi d'une imagination
vive et poétique., car elles m'induisent
dans d'étranges erreurs : mon esprit
prend continuellement chaque objet
pour toute autre chose que ce qu'il est
réellement : au lever du soleil j'ai pris
mon âne pour un officier et votre mule
pour un Maure. Hélas! mon cher maître, nous nous ressemblons ; car vous,
Don Rodrigo, lorsque vous étiez dans
une veine poétique et amoureuse, vous
étiez disposé à voir des roses au lieu d'un
joli visage ; du corail au lieu de lèvres,
et des perles où les autres ne trouvent
que des dents. Maintenant, Seigneur,
c'est mon tour; et en proie à la peur et
à un accès de fièvre poétique, je mé-
tamorphose tous les objets qui se pré-

sentent à ma vue, tels que mon âne, votre mule, les moutons, les corneilles, les vaches et les chiens, en autant de coquins de Maures, et malgré tout, je suis bien persuadé que mes rêveries poétiques ne sont pas plus extravagantes que les vôtres.

Don Rodrigo, abattu par la double souffrance de la faim et de la lassitude, ne faisait pas attention à toutes les absurdités que débitait son valet : aussi Peregil, encouragé par ce silence, s'écria d'un ton plus hardi :

—Que le ciel maudisse tous les amans! Tous ceux auxquels il passe par la tête de se couper la gorge, d'affronter tous les périls, de supporter toutes les souffrances imaginables, pour l'amour d'une même femme, lorsqu'il y en a une si grande quantité en Espagne, lorsque l'on peut si aisément choisir : je les maudis!

— Silence, misérable, s'écria Don Rodrigo, silence; car tes réflexions stu-

pides, profanent ce noble sentiment
qui ne peut être ni goûté ni compris
par ta nature brute et vile.

— Je remercie humblement la Pro-
vidence, dit Peregil, de m'avoir donné
un cœur aussi vil, puisque ces plaisirs
exquis, ces sentimens nobles qui ne
mènent les hommes qu'au malheur,
sont en opposition directe avec mes
goûts. Maintenant, dites-moi, mon
très honoré Maître, s'il existe une loi
divine ou humaine qui ordonne que,
parceque vous aimez éperdument Leonor de Aguilar et que Leonor vous déteste cordialement, moi qui ne suis
pour rien dans cet amour et cette haine,
je doive être condamné à souffrir toutes
les misères réunies, de la faim, de la
soif, de la lassitude, enfin tous les
dangers imaginables, voire même la
mort?

Don Rodrigo, absorbé par des pensées bien différentes, n'entendait pas

3. 2

les raisonnemens fastidieux de Peregil,
lorsque, tout-à-coup, à la lisière d'un
bois, les réflexions du maître et le bavardage impertinent du valet, furent in-
terrompus par l'apparition désagréable
d'un parti de rebelles, qui, sortant
subitement de leur retraite, se trou-
vèrent en un moment devant Don Rodrigo, et exprimèrent par tous les si-
gnes imaginables la soif de la vengeance et la joie sauvage que leur faisait éprouver une telle rencontre.

— Arrêtez! cria fièrement l'un des
coquins.

— Don Rodrigo, pour toute réponse, tira bravement son épée, se pré-
parant à une défense désespérée.

— Eh quoi! vil Chrétien, tu oses
braver notre colère! Cette témérité te
fera perdre la vie.

— Du moins, je la vendrai chère-
ment! s'écria Don Rodrigo.

En ce moment, les Maures se je-

èrent sur le malheureux Chevalier, qui
se défendit avec une extrême bravoure, quoique sentant bien l'impos-
sibilité d'échapper heureusement à tant
d'ennemis; tandis que Peregil, poussé
par la terreur, s'enfuit à la hâte. Le
combat ne pouvait pas durer long-
temps : Don Rodrigo, couvert de blessures, tomba épuisé par la perte de
son sang , gémissant sur son malheureux amour et la fatalité du sort.
Les Maures relevèrent son corps, et ils
le pendirent à un arbre, selon l'habitude de ces hommes féroces, lorsqu'un
Chrétien avait le malheur de tomber
dans leurs mains. Ils le laissèrent là;
et bientôt après, le hasard les condui-
sit à l'endroit où dormait Theodora,
abandonnée par son lâche ravisseur.

La fuite de Roque, et les discours
des Maures qu'elle avait entendus la
nuit où elle fut faite prisonnière, per-
suadaient à cette malheureuse fille que

c'était son amant qui avait été victime de la cruauté de ces barbares, et lui faisaient pleurer amèrement la mort de celui qui, en ce moment même, se conduisait envers elle avec la plus noire ingratitude.

Pendant ce temps, Roque, guidé par la frayeur vers un lieu de sécurité, rejoignit bientôt son maître : celui-ci, fort étonné, voyant son valet revenir sans la fille de Monteblanco, et tremblant que ses plans n'eussent été contrariés, s'empressa de lui demander :

— Où est Theodora?

— Je l'ignore, répondit Roque d'une voix sombre; — probablement dans le ciel, maintenant.

— Que veux-tu dire, coquin? As-tu désobéi à mes ordres?

— Non vraiment; mais au moment où j'allais m'y conformer, quelques milliers de Maures des plus hardis sont arrivés à temps pour m'empêcher

de mettre à exécution mes louables
desseins. Je résolus d'abord de com-
battre ces mécréans, par respect pour
la valeur de mon maître; mais en y
réfléchissant, j'ai trouvé qu'il était plus
prudent de céder à la nécessité, et que,
ne pouvant réussir à sauver la jeune
dame des mains des rebelles, il fallait
du moins les priver de celui des deux
prisonniers dont ils pouvaient faire le
plus de cas; alors, ajouta Roque, au
lieu de me servir de mes bras, j'ai eu
recours à mes jambes que dans plus
d'une occasion j'ai trouvées la partie
la plus utile de mon corps.

Gomez Arias réfléchit un moment au
récit de son valet, calculant les consé-
quences probables de cet évènement; et
en dépit du chagrin qu'il affectait sur
le malheur de Theodora, il pouvait à
peine cacher la joie secrète qu'il éprouvait. Le sort venait de lui enlever le
seul objet qui pût entraver ses projets

ambitieux. Sans s'inquiéter des outra-
ges auxquels serait probablement expo-
sée sa charmante et trop confiante victime, Gomez Arias trouvait Theodora
bien moins à craindre livrée au pouvoir des Maures que dans un couvent,
et il continua sa route vers Grenade,
étouffant les remords que pouvait lui
causer sa lâche conduite par l'espoir de
l'avenir brillant qui s'ouvrait devant
lui.

Le jour suivant, il rencontra l'armée
glorieuse de Don Alonzo de Aguilar,
qui le reçut avec les témoignages de
l'amitié la plus tendre. Il eut le bonheur de jouer un beau rôle dans le
combat qui fut livré à El Feri, à Gergal,
et qui amena ensuite la défaite complète des Maures à Alhacen, et la destruction de cette ville. De là, Don Lope
marcha vers Grenade conduisant les prisonniers, et désirant offrir ses services
à la reine. Son esprit lui suggéra des

prétextes spécieux pour donner le change sur sa longue absence de Grenade et sur son retour si tardif, lorsqu'il avait appris qu'il pouvait revenir sans crainte. Mais Leonor de Aguilar, quoique vaine et fière, était femme dans ses affections, et elle accueillit favorablement des excuses très faibles il est vrai, mais soutenues par l'éloquence d'un amant aimé.

Ainsi, tandis que sa victime était abandonnée au sort le plus horrible, et qu'un père vénérable gémissait sous le poids de l'affliction la plus amère, le barbare auteur de tant de maux, Gomez Arias ne pensait qu'aux plaisirs et aux honneurs que lui promettait sa prochaine union avec Leonor de Aguilar.

CHAPITRE III.

Ecco l'ora. — Nél sonno immerso giace
    E gli occhi all' alma luce
Non aprirà piu mai? questa mia destra
Per farsi or sta del suo morir ministra?...
                 ALFIERI.

    Est-ce une illusion soudaine
    Qui trompe mes regards surpris?
    Est-ce un songe dont l'ombre vaine
    Trouble mes timides esprits ?
             J.-B. ROUSSEAU.

La nuit était fort avancée et les nombreux convives invités par Don Alonzo commençaient à s'éloigner de ce théâtre de fêtes joyeuses. Le plaisir bruyant fuyait, et ces salles antiques ne retentissaient plus des accens animés de tant de cœurs heureux ; car cette nuit-là, dans le palais de Aguilar, tous les cœurs étaient heureux; tous, excepté un seul, qui isolé au milieu de cette foule, était en proie à une douleur poignante.

Tous les convives sont partis et la salle du banquet est abandonnée au silence et à la solitude. Naguère ornés de tous les attributs des combats, des produits verdoyans et parfumés des jardins, brillans de tout ce qui peut éblouir les yeux et flatter les sens, ces lieux n'ont plus que cet aspect glacé qui donne à l'esprit un sentiment pénible de mélancolie et de regret. Sur de longues tables restaient encore des débris épars du banquet. Ici les superbes étoffes sorties des métiers de Valence étaient souillées par les vins odorans, et là des verres avaient été brisés, et de curieux ornemens renversés par la gaieté insouciante des convives. Les lampes étaient en partie éteintes, et les autres ne brillaient plus que de cette lueur pâle et incertaine qui ajoutait à l'aspect sombre de ce lieu abandonné.

Gomez Arias, au comble du bonheur, s'était retiré dans son appartement silencieux; il le parcourait en abandonnant son esprit aux rêveries les plus agréables, et en se félicitant intérieurement sur le prochain accomplissement de toutes ses espérances, — de ses vœux les plus chers. Il ne lui venait pas une seule pensée pénible pour calmer son ivresse ou jeter la moindre ombre sur un aussi brillant tableau. Tout autour de lui contribuait à sa félicité ; — car, hélas! il ne voyait pas la douleur détruisant à la hâte ces charmes puissans qui l'avaient autrefois captivé ; il n'entendait pas les gémissemens de cette voix créée par la nature pour les accens les plus purs de l'innocence et de la joie. Non, Gomez Arias n'avait pas une pensée pour sa malheureuse victime, et il était loin de présumer qu'elle res-

pirait en ce moment le même air que
lui.

Ainsi délicieusement occupé, Don
Lope se jeta sur un superbe lit avec
l'espoir de trouver dans ses rêves l'i-
mage de son bonheur futur. Un silence
imposant régnait : la lueur pâle et
bleuâtre d'une lampe solitaire répan-
dait sur la splendeur de cette chambre
un charme calme et mélancolique : les
riches arabesques, les somptueuses ta-
pisseries sur lesquelles étaient représen-
tés les héros des siècles passés, étaient
en partie voilés par une obscurité capable d'inspirer à l'âme un sentiment de
respect superstitieux. La lueur expi-
rante pâlissait de plus en plus; elle semblait un rayon surnaturel, immobile,
excepté quand le souffle glacé de la
nuit, pénétrant par quelque fente de
la vaste fenêtre, agitait cette flamme
comme pour la faire mourir.

Tout-à-coup la porte s'ouvre douce-

ment, et une figure blanche s'avance
lentement. C'est celle d'une femme ; et
la lampe dont elle s'est chargée pour
guider sa course nocturne, éclaire des
traits dont l'altération eût touché le
cœur le plus dur : — Ces traits où l'on
n'aperçoit que quelques restes d'une
grande beauté, sont pourtant ceux d'une
femme au printemps de la vie. Elle
tient un poignard et vient disposée au
meurtre. Le meurtre! — Cette œuvre
la plus noire de la dépravation humaine, révoltante lorsqu'un homme y
est poussé par la vengeance, mais bien
plus horrible, bien plus dénaturée chez
un être doux et timide. Elle s'arrête
pour jeter autour d'elle un regard indécis ; tous ses membres tremblent, et
l'arme semble prête à s'échapper de ses
mains. Cette émotion, cette irrésolu-
tion révèlent son caractère : c'est une
femme armée pour le crime, mais encore femme. Elle s'avance vers le lit

d'un pas silencieux ; et regarde avec attention Gomez Arias endormi : mille pensées sombres chargent son front pâle ; la vengeance étincelle dans ses yeux noirs ; et ses lèvres livides sont contractées par le sourire amer du désespoir. Elle respire avec peine et agite violemment la main qui tient l'arme brillante. On dirait, à l'expression de sombre démence qui s'est emparée de ces traits jadis si beaux, si mélancoliques, qu'une puissance infernale dirige tous ses mouvemens.

Mais le transport de fureur a cessé. Elle regarde de nouveau celui qui sommeille, et le calme de la mort se répand sur ce visage, naguère si irrité. Immobile, elle semble une statue, elle oublie quel horrible projet l'a conduite en ce lieu. Pauvre Theodora ! — enfant de douleur ! — victime de cette vivacité de sentimens dont la nature ne semble t'avoir douée que pour ton malheur,

tu ne fus coupable que d'une seule
faute; dois-tu donc la payer si chère-
ment? Le Ciel, en te créant si pure, si
belle, a-t-il résolu que pour compen-
ser des dons si précieux, tu connaîtrais
toutes les horreurs de l'infortune? ou
dois-tu seulement servir de leçon à
toutes celles qui, comme toi, sont riches de grâces et de beauté, afin de les
prémunir contre les dangers que ces
dons amènent à leur suite?

Theodora était coupable d'un crime,
si toutefois on peut donner ce nom à
la colère passionnée du cœur le plus
aimant. Elle s'était donnée avec l'enthousiasme le plus dévoué; et sa générosité, sa confiance avaient été payées
par une affreuse trahison. C'était le
sentiment de l'injure qui avait troublé ses sens au point de la porter à un
acte de délire.

Theodora resta quelque temps incertaine, et l'on eût dit qu'une puissance

céleste combattait pour elle contre le
méchant esprit qui l'avait inspirée.
D'une main tremblante elle tenait au-
dessus de son amant endormi sa lampe
qui éclairait des traits animés par quelque rêve agréable; il souriait; le cœur
de Gomez Arias semblait doucement
agité, et son souffle vint caresser la
figure de Theodora lorsqu'elle se pen-
cha vers le lit.

— Il l'aime tendrement! dit-elle en
soupirant; et je suis venue pour...

En ce moment elle fut interrompue
par la cloche du palais sonnant l'heure:
chaque coup, en retentissant solennel-
lement au loin, semblait annoncer la
mort de l'amant parjure, tandis qu'il
dormait paisiblement, bercé par l'a-
mour et le bonheur, et loin de se
douter du sort qui se préparait pour
lui. Au milieu des soupirs et de sons
inarticulés, ses lèvres proférèrent le
nom de celle qui l'occupait unique-

ment. C'était celui de Leonor; ce nom
funeste perça le cœur de Theodora, réveilla toute la fureur qui s'était endormie, et chassa promptement les tendres
sentimens qui avaient prévalu dans son
cœur. Elle tressaille, pâlit; son sein pal-
pite avec violence ; ses yeux roulent
avec égarement; elle n'est plus animée
que par la vengeance. Elle saisit l'arme
avec précipitation; le moment fatal est
arrivé; un seul coup, et celui qui détruisit
tout son bonheur aura cessé de vivre :
son bras se lève avec force, mais au
moment même tout son courage l'a-
bandonne, sa main laisse tomber le
poignard: non, elle ne pouvait frapper;
car, quoique égarée par le sentiment de
l'injure, elle aime toujours celui qui l'a
trahie. Elle ne pouvait frapper l'homme
qui lui avait fait endurer sans remords
les plus grands supplices; elle sourit
amèrement, demeure penchée sur le
lit de son amant; sa belle chevelure

tombe sur l'oreiller ; elle soupire, et se
penchant davantage encore , elle baise
ces lèvres qui l'ont trahie. Gomez Arias
s'éveille. — Est-ce une vision ? ses sens
sont-ils abusés ? est-ce donc le spectre
de celle qu'il a abandonnée ? c'est bien
Theodora, — mais, hélas ! qu'elle est
changée ! si Gomez Arias n'avait eu la
conscience de son - crime , il n'aurait
reconnu qu'avec peine celle qu'il avait
autrefois adorée et dont il n'était séparé
que depuis bien peu de temps. Il frémit
en la regardant ; sa pâleur était celle de
la mort ; une sueur froide couvrait son
front ; elle était immobile, et l'une de
ses mains glacées tombant sur la poi-
trine brûlante de Don Lope , le fit tres-
saillir d'effroi.

Une larme de douleur s'échappa des
yeux éteints de Theodora, et mouillant
la main de Gomez Arias, muet d'étonnement, elle réveilla dans son cœur le
souvenir de l'amour violé, de la foi tra-

5.   2.

hie. Revenu enfin de son excessif étonnement, Don Lope s'écria d'une voix entrecoupée:—Ciel! Theodora, est-ce toi?

— Oui, répondit-elle d'une voix sombre, c'est cette malheureuse Theodora que tu as autrefois adorée et que maintenant tu méprises. Mais ne crains rien; le moment terrible est passé, et je ne puis te faire du mal; car quoique tu m'aies cruellement trahie, tu es toujours Gomez Arias.

— Grand Dieu! s'écria Don Lope avec émotion, comment êtes-vous parvenue jusqu'ici? Quelle était votre intention?

— Tu le vois, dit-elle en montrant le poignard qui brillait à ses pieds; et en souriant péniblement, elle ajouta:

— Je suis venue pour te donner la mort, pour obtenir une satisfaction peu proportionnée aux angoisses auxquelles ta conduite m'a pour toujours condamnée. Oh! Lope! Lope! pourquoi ne m'as-tu pas arraché la vie au moment où je cessai d'être chère à ton cœur! J'aurais alors été heureuse! — Mais non, tu aimas mieux m'abandonner à des musulmans, lorsque je ne tenais à la vie que pour toi seul.

Alors tout ce que ressent une femme injuriée mais aimant encore, s'empara de ce cœur agité auparavant par le tumulte des passions. Theodora pleurait, sanglotait en s'appuyant sur son amant, dont le cœur dur fut ému de pitié en contemplant sa douleur et le changement opéré dans ces traits dont le charme n'avait brillé que pour lui. Il y avait quelque chose de si douloureux dans l'expression des traits de cette infortunée, que pendant quelques instans il oublia toute son ambition et fut rendu à des sentimens plus tendres.

Gomez Arias n'avait plus d'amour pour Theodora, mais la pitié remplaça en partie ce sentiment, lors

qu'il réfléchit à l'étendue de son malheur et qu'il sentit son sein inondé
des larmes brûlantes de cette infortunée. Serrant dans ses mains celle
que sa victime lui abandonnait, il
lui rendit un moment de bonheur
par ce témoignage de tendresse.

C'était un baume bienfaisant pour
l'âme ulcérée de Theodora ; mais comme, hélas! rien ne peut échapper à la
pénétration ingénieuse d'une femme
aimante, elle sentit bientôt que la pitié seule cherchait à la consoler. — La
pitié que tout autre individu malheureux eût excitée, et dont la voix calme
est si loin de pouvoir satisfaire le cœur
exigeant de celle qui a tant de droits à
un amour sans bornes!

Theodora, regardant son amant avec
douleur, s'écria d'une voix déchirante,
mais sans colère :

— Je sais que vous ne m'aimez plus ;

mais, de grâce, Lope, ai-je mérité votre ingratitude? Je ne vous rappellerai
pas vos sermens; qui pourrait les
oublier? ils sont profondément gravés
dans mon cœur. — Je les croyais sin-
cères, et je vous aimais, Lope! Oh! je
vous aimais comme aucune femme n'a
aimé; et comment en ai-je été récom-
pensée? — Hélas! la mort la plus terrible eût été douce en comparaison de
votre perfidie.

— Oui, Theodora, dit Gomez Arias,
je mérite les reproches les plus violens; mais j'ai été forcé à cette conduite par des raisons impérieuses, sa-
crées, qui peuvent expliquer, peut-être
même diminuer les torts que mon cœur
avoue.

— Oh! s'écria Theodora, rien au
monde ne pouvait vous forcer à abandonner celle qui vous était unie par les
liens les plus tendres!

— Cette conduite fut la conséquence

d'un premier crime, dit Don Lope.
— Theodora, je vais vous parler franchement; écoutez avec calme le récit
que je vais vous faire, car les circonstances l'exigent impérieusement. —
Maudissez-moi, Theodora, ajouta-t-il
avec émotion, maudissez l'homme qui
a causé votre ruine. Lorsque j'ai désiré votre affection, lorsque j'ai re-
cherché vos innocentes caresses, c'est
alors, hélas! que je fus coupable, car
c'est alors que je trompai votre cœur
confiant.

— Oh! ciel! s'écria Theodora, vous
ne m'avez donc jamais aimée?

— Ah! je vous adorais, — je vous
aimais passionnément; — mais c'est ce
même amour qui a causé vos malheurs.
Je n'eus pas la force de vous avouer
mon fatal secret, — et je fus dissi-
mulé, cruel; car, lorsque votre innocence écoutait mes sermens d'un éternel amour, quand vous y répondiez

par l'affection la plus franche, la plus pure, la plus désintéressée, alors même ma main, ma foi étaient engagées à une autre par les sermens les plus sacrés.

Theodora, désespérée, se tordait les mains, se cachait le visage; son cœur se brisait; elle ne pouvait proférer une parole, et ce ne fut qu'après les plus violens efforts qu'elle prononça le nom de Leonor.

— Il n'est que trop vrai, dit Gomez Arias, avant mon arrivée à Cadix, avant de vous connaître, des liens indissolubles engageaient mon honneur à la fille de Aguilar; nous étions fiancés, nous allions être unis, lorsqu'un accident fortuit m'obligea à quitter Grenade pour fuir la vengeance des amis de mon malheureux rival Don Rodrigo de Cespedes. Le délire de la passion me fit oublier mes sermens sacrés envers Leonor. — Mais vous n'avez déjà que

trop souffert, et rappeler ce temps doit
nécessairement redoubler le malheur
de votre situation.

Ce récit plongea la fille infortunée
de Monteblanco dans un accès d'angoisses qu'il n'est donné qu'à une femme
de ressentir : car l'homme, distrait par
la diversité de ses occupations, moins
susceptible d'un raffinement de sentiment, plus partagé dans ses relations
avec la société, ne peut jamais éprouver cette sensation déchirante, excitée
par la honte et l'amour déçu.

Théodora ne répondit pas à son
amant; car, malgré le besoin qu'éprouve
une femme d'excuser l'homme qu'elle
aime, lors même qu'il l'a vivement
outragée, il y avait quelque chose de si
révoltant dans le récit de Don Lope,
qu'elle ne pouvait affaiblir les couleurs
qui peignaient si vivement sa perfidie :
elle recula toute tremblante; et une

douleur mortelle s'était emparée d'elle, lorsqu'elle s'écria :

— Et vous m'avez abandonnée dans les montagnes !

— Non, Theodora, reprit vivement Gomez Arias ; non, je n'eus jamais une telle intention ; là du moins je suis innocent : je voulais vous placer dans un couvent ; et je profitai de votre sommeil pour vous épargner la douleur de la séparation. Après avoir donné mes ordres à Roque, je pris les devans pour faire les démarches nécessaires à votre réception dans un asile religieux; et c'est alors que les Maures vous surprirent : Roque prit la fuite ; j'ignore tout le reste, et ne puis comprendre comment je vous retrouve ici.

— Je suis ici, dit Theodora amèrement, je suis ici pour être témoin de votre heureux mariage: il doit être célébré demain ; ainsi je suis venue à temps.

3.   5

En prononçant ces mots, il y avait dans son accent quelque chose de si extraordinaire, que Gomez Arias frissonna involontairement en la regardant.

— Oui, continua-t-elle, il est juste que du moins une de vos victimes assiste à la cérémonie, — le triomphe de Leonor n'en sera que plus éclatant; et moi, ajouta-t-elle d'une voix entrecoupée, j'éprouverai aussi une satisfaction.....

Gomez Arias fut frappé d'horreur par ces mots et la manière dont ils furent prononcés; son regard troublé se porta sur Theodora, mais il ne pouvait parler.

— Ma malheureuse existence, ajouta-t-elle, serait toujours un obstacle à votre bonheur; je dois donc en faire le sacrifice au pied de l'autel, au moment où vous serez uni à celle que votre cœur a choisie.

Don Lope était atterré ; mille pensées diverses occupaient à la fois son imagination ardente ; il se releva sur son lit ; son front était baigné de sueur et tout en lui annonçait le pénible combat qu'il livrait intérieurement. Il voyait tous ses projets de grandeur s'évanouir en un instant comme un vain rêve ; il était arrêté comme par la main de la mort au moment où il atteignait le comble du bonheur. Plongé par la fougue des passions dans la plus cruelle perplexité, il ne paraissait même pas comprendre la cause du renversement de toutes ses espérances ; mais bientôt un éclair traversa son imagination troublée, et son front brilla ranimé par une résolution soudaine.

— Theodora, dit-il d'une voix ferme et solennelle, Theodora, je ne veux plus dissimuler avec vous, et je conviens que j'ai été l'homme le plus cruel, le plus barbare : oui, c'est demain que je dois être uni à la plus fière des Espagnoles, et c'est demain que je dois obtenir tout ce que la gloire et l'ambition peuvent promettre de plus éblouissant à l'ardente imagination d'un homme. Mais hélas! Theodora, je ne puis supporter votre affliction; vos larmes attendrissent mon cœur et y raniment ce sentiment qui ne fut jamais complètement éteint. Si j'osais espérer d'obtenir mon pardon, je sacrifierais de bon cœur toutes ces chimères brillantes pour reprendre cette vie qui peut seule me donner la paix et le bonheur. Theodora, reprit-il après un moment de silence, pouvez-vous me pardonner ?

Cette prière fut faite d'une voix si soumise, si tendre, que la malheureuse Theodora ne douta pas un instant de sa sincérité.

— Te pardonner! s'écria-t-elle vivement émue, et sa pâleur ayant été rem-

placée par les plus vives couleurs : te
pardonner, Lope! Theodora peut-elle
te refuser quelque chose? Puis levant
vers le Ciel ses mains jointes, elle dit
avec toute la candeur et l'abandon
d'un cœur passionné : — Oh! mon Dieu,
votre miséricorde est infinie. Puis se
retournant, les yeux brillans de larmes
de joie : — Cher Lope, pourrais-je ne pas
te pardonner ? Le retour de ton amour
me fera oublier tout ce que j'ai souffert.
Et maintenant n'est-ce pas mon tour
d'implorer mon pardon ? — ne vins-je
pas ici armée par la vengeance ? —
Grand Dieu ! — je suis venue pour te
tuer, — ici, — lorsque tu dormais! —
Ah ! pardonne-moi ; je n'étais plus
qu'une malheureuse insensée, et.....

— Arrête, ma Theodora, ne te re-
proche pas une action dont je fus la
cause ; j'avais bien mérité ta haine.
Mais n'en parlons plus. Ecoute-moi,
chère amie ; écoute, et suis exactement

mes conseils, car c'est de là que dé-
pend notre futur bonheur. Demain dans
la nuit je te reconduirai chez ton triste
père; nous nous jetterons à ses pieds,
pour implorer sa clémence. Il sera attendri par les larmes et les prières de
sa fille, et j'oublierai tous les rêves
extravagans qui avaient subjugué mes
sens, pour consacrer toutes mes pensées à l'amour et à Theodora. Cependant, pour arriver heureusement à l'exécution de ces projets, il faut que tu
prêtes attention à ce que je vais te
dire.

— Je ferai tout ce que tu voudras,
s'écria Theodora avec énergie.

— Eh bien! reprit Comez Arias,
garde le plus profond silence sur notre
entrevue et nos desseins. — Tu dois
rester chez toi absolument étrangère
à tout ce qui se passe au dehors. J'ai
besoin de la plus grande adresse, des
plus grands ménagemens, pour annon-

cer ma détermination aux fiers Aguilars, lorsque les choses sont si avancées. Ils ne supporteront pas patiemment cette insulte, et tous mes soins doivent tendre à retarder du moins de quelque temps la terrible explosion de leur colère.

— Oh! Lope, s'écria la douce Theodora avec tendresse, je vous obéirai fidèlement. Vos moindres désirs seront des ordres pour moi.

Le cœur de la jeune fille était rempli de bonheur. Enivrée de joie, elle se jeta près du lit, saisit les mains de son amant, et les serra tendrement sur son sein palpitant. Mais le cœur de Don Lope ne répondait à ces transports que par la froideur; car la pitié et le sentiment du devoir ne remplacent que bien imparfaitement le feu de la passion. Cependant son imagination lui retraça le bonheur passé, et ce souvenir lui fit peut-être aimer le présent

qui en était une image. Il ressemblait
à ce plaisir mêlé de mélancolie et de
regret que goûte celui qui revoit les
lieux de son enfance. La mémoire peut
aimer à revenir sur ce qui n'est plus ;
mais l'esprit, changé par d'autres sentimens, ne peut pas jouir long-temps
de ces plaisirs qui faisaient autrefois
son bonheur.

Le jour approchait, il fallut se séparer. Theodora raconta à la hâte ses
aventures et se retira pleine de joie,
car elle venait peut-être de passer les
momens les plus heureux qu'elle pût
jamais connaître en ce monde : ces
momens délicieux où deux cœurs sé-
parés par le sort, ou refroidis par le
chagrin, s'unissent de nouveau par les
liens de l'affection la plus tendre.

CHAPITRE IV.

Quel joyau est une excellente femme !
BEAUMONT.

Mais qu'aisément l'amour croit tout
ce qu'il souhaite !
RACINE.

Je vous o'fre humblement mon avis , mais
sauf amendement , et j'espère ne pas encourir votre disgrâce.
MASSINGER.

Oh ! femme ! femme ! être charmant
et dévoué , de quelles substances mys-
térieuses la nature s'est-elle servie en
te formant? Des contrastes composent
ton essence, et tu tires ton plus puissant attrait de ces contrastes. Incertaine,
irrésolue , tes défauts même ont des

charmes. Lorsque tu t'abandonnes à la
tendresse, ou que tu te laisses emporter
par le ressentiment d'une offense, tu es
capable du plus noble enthousiasme,
ou de desseins aussi coupables que hardis. L'homme, dans son orgueil, s'arroge
un pouvoir despotique sur les hautes
régions de l'intelligence et les vastes
champs de l'imagination ; mais il t'a
laissée souveraine absolue de l'empire
du cœur. Il est jaloux de ses préroga-
tives, et les conserve avec soin pour
lui seul, tandis qu'il est heureux de
profiter près de toi de cet instinct des
convenances, de cette délicatesse de
sentiment dont la nature t'a douée.
Femme ! tu fus créée pour embellir la
route épineuse de la vie. Aimer est le
but de ton existence, être aimée la récompense de tes peines. Éloignée par
ton caractère et ton éducation de toutes
poursuites ambitieuses, incapable par
ta douceur et la délicatesse de ta con-

stitution de partager les fatigues et les dangers des hommes, tout ton être est attiré vers le charme d'un seul sentiment, l'amour! Ce sentiment semble nécessaire à ton existence, il est la source de tout ton bonheur, il l'est également de tes peines les plus affreuses. L'homme te recherche comme une amie, et te traite comme une victime : tu aimes, il triomphe! et bientôt il te méprise pour la tendresse dont il a joui et qui l'avait charmé. Contradiction dégradante de la nature humaine, l'homme a reçu plus de pouvoir pour vaincre, que la femme n'a de force pour résister, et dans cette lutte inégale, la honte s'attache à la victime, tandis que le vrai coupable s'enorgueil lit de son odieuse victoire!

Et cependant, telle est l'essence angélique dont la femme fut formée, que bien que suceptible de ressentir avec angoisses les traits acérés de l'ingratitude et du dédain, elle pardonne et oublie, lorsque le repentir en appelle à la compassion et à la générosité de son cœur.

Telle était Theodora. Après avoir supporté un excès de chagrins qui semble au-dessus des forces et de la patience humaine, inspirée par la folie et le désespoir, elle arme d'un poignard une main peu faite pour une action aussi noire; semblable à un assassin, elle médite un crime et entre chez son séducteur. Mais la vue de celui qui lui fut si cher la désarme. Elle ne peut accomplir son projet coupable, et le repentir du parjure Don Lope, comme un charme puissant, dissipe les noires passions auxquelles elle était en proie. Quelques mots de consolation suffisent pour faire taire la douleur dans son âme. Elle chérit l'homme qui l'avait offensée si profondément ; elle sent même qu'elle l'aime plus tendrement que jamais.

Ayant oublié la trahison de son amant, et incapable de supposer une nouvelle perfidie, Theodora rentra chez elle pour se nourrir de son bonheur, et elle attendit le jour avec anxiété.

Pendant ce temps, Gomez Arias, agité par la plus vive impatience, parcourait à grands pas son appartement. A peine Theodora l'eut-elle quitté, que tout sentiment de pitié, toute considération se turent, et son imagination ne fut plus occupée que du danger que couraient ses ambitieux projets, et du désir de les voir accomplis. Le matin vint, et Don Lope marchait encore avec cette irrégularité qui peignait le trouble de ses sens. Quelquefois il s'arrêtait, il pesait une idée qui lui semblait bonne, puis tout-à-coup il la rejetait comme inexécutable. Tantôt il était silencieux et tantôt il prononçait

des phrases entrecoupées. Puis, semblable à un insensé, il maudissait la
malheureuse Theodora, comme une
barrière insurmontable posée entre lui
et ses projets; oubliant qu'il ne s'était
plongé dans une position aussi difficile
que pour n'avoir pas mis un frein à
ses passions coupables. Du moins, la
malheureuse victime de son crime, ne
pouvant entendre ses lâches reproches,
jouissait de quelques instans de bonheur. Hélas! elle comptait sur la tendresse de Gomez Arias; il lui tardait
de le serrer dans ses bras; et pendant
ce temps, le perfide ne s'occupait que
de trouver un moyen de l'éloigner de
Grenade.

Cette fourberie n'était qu'une conséquence naturelle du système qu'il
avait adopté. Absorbé par mille passions qui faisaient taire la voix du
devoir, il était incapable d'abandonner
la perspective brillante offerte à son

ambition, pour obéir à la justice et donner satisfaction à l'opprimée. Les difficultés dont il était entouré augmentaient son aversion pour Theodora. Il n'avait pas eu un seul instant l'idée de rompre ses engagemens avec Leonor; son honneur et son orgueil étaient trop profondément intéressés dans cette union, pour qu'il admît la possibilité d'un tel évènement; mais il sentait la nécessité de différer la cérémonie, et ne s'occupait que d'arriver à ce but. Quel prétexte plausible pouvait justifier suffisamment une résolution aussi extraordinaire?

Mille plans se présentèrent qui furent tous rejetés; il tremblait que la nuit ne revînt avant qu'il n'eût pris un parti à l'égard de Theodora, et c'était folie que de penser à l'enlever de force du palais de Don Alonzo. Dans tous les cas, pensant avec raison que dans un moment semblable il était

l'objet de l'attention de tout le monde,
il résolut d'éviter toute rencontre avec
Theodora.

Il était encore plongé dans cette
perplexité, lorsque son fidèle valet vint
pour prendre ses ordres, suivant son
habitude.

Roque, en entrant, fut frappé et très
surpris de la préoccupation de son
maître.

— Bonjour, Seigneur, dit-il en faisant un profond salut et en s'avançant
vers le Chevalier; mais Don Lope était
trop absorbé pour lui répondre et
même pour faire attention à son salut.

— Voilà, continua Roque, voilà,
Dios me bendiga (1), mon maître bien
pensif. J'ai toujours su le tirer de ses
méditations, mais aujourd'hui elles me
paraissent trop profondes pour mes
minces talens. Don Lope, reprit-il

(1) Dieu me bénisse.

d'une voix plus élevée, je souhaite le bonjour à Votre Honneur; et il accompagna ce salut tout chrétien d'autant de bruit et de mouvement que les convenances le permettaient.

— Oh! c'est vous, Roque? dit Don Lope fort étonné.

— Moi-même, Seigneur, à votre service, répondit l'obséquieux valet.

— Que le Ciel te maudisse, reprit son maître; pourquoi fais-tu tout ce bruit?

— Je vous remercie, mon cher maître, d'un bonjour aussi aimable; c'est d'un bon augure pour un jour de mariage!

— Bah! mon mariage! s'écria Gomez Arias avec impatience : puis il retomba dans ses réflexions.

—Ah! dit Roque, de quel côté vient donc le vent? Il paraît que tout ne va pas bien. Seigneur Don Lope, m'est-il permis de vous interrompre dans vos im-

3.   3.

portantes méditations pour vous demander ce qui a pu troubler vos esprits
de si bon matin : vos rêves n'ont probablement pas été pénibles; quant à
moi, je déteste les mauvais rêves ; ce
sont des présages, surtout la veille d'un
mariage.

— Tais-toi, sot bavard, dit Gomez
Arias l'interrompant; ce n'est pas un
rêve qui me tourmente, mais bien une
réalité, et des plus fâcheuses. Roque,
ajouta-t-il d'un ton plus familier, je
me suis enfoncé dans un labyrinthe
d'où je ne sortirai que difficilement.

— Mon bon maître, j'en suis bien
affligé; mais je conçois fort bien qu'un
homme prudent ait de puissantes raisons pour réfléchir plus qu'un philo-
sophe lorsqu'il est au moment de se
perdre dans le labyrinthe du mariage.
Oui, Señor, je conviens que c'est une
épreuve fort dangereuse: c'est un
voyage menacé de bien des tempêtes ;

on y est toujours entouré de bas-fonds,
de sables mouvans, de rochers; si bien
que....

— Trève à tes maudites métaphores,
Roque, s'écria Don Lope, ou bien tes
oreilles sentiront une tempête plus forte
que celles de toutes tes descriptions.

Señor, reprit le valet, si vous n'aimez pas les orages, je n'ai pas non plus
la moindre affection pour eux, ainsi je
me tairai.

— Roque, dit Gomez Arias après
un moment de silence, je suis menacé
de perdre le précieux trésor pour la
possession duquel je travaille tant et
depuis si long-temps.

— Un trésor, Seigneur! s'écria le
valet étonné. *Cuerpo di Cristo!* Un trésor! expliquez-vous, de grâce; j'igno-
rais que vous attendissiez un trésor; et
de quel pays doit-il venir? J'espère
qu'alors mon cher maître me paiera
mes gages!

— Quel infâme coquin! dit Don
Lope; il s'occupe d'argent et de vils
gages lorsqu'il voit son maître dans la
position la plus embarrassante où jamais
mortel se soit trouvé! Roque, je ne sais
vraiment pas ce qui m'empêche de te
casser les reins.

Dans sa fureur, Don Lope avança
d'un pas; mais Roque, en homme prudent, recula aussitôt.

— Don Lope, cria le valet, aussi
vrai que j'espère dans la miséricorde
divine, je ne voulais pas vous offenser:
vous paraissez terriblement irrité, et
certes il y a quelque mystère là-dessous: dites-moi ce qui vous tourmente,
et peut-être pourrai-je y remédier.

— Vous ne pourrez pas, Roque, lui
répondit son maître un peu calmé, vous
ne pourrez pas faire retarder mon mariage!

— *Virgen del Tremedal!* s'écria Roque en faisant le signe de la croix, en

sommes-nous donc là enfin? Vous avez
donc découvert dans votre belle fian-
cée quelque défaut que vous ignoriez?
Mieux vaut avant qu'après la cérémonie. Mais ce serait un véritable malheur que de déranger la fête après les
magnifiques préparatifs qui ont été
faits pour la célébrer avec toute la
pompe qu'elle mérite. Que le Ciel nous
bénisse! Nous ferions là une belle
affaire! Mais n'importe! après tout,
peut-être est-ce pour le mieux.

— As-tu bientôt fini, Roque? Au nom
de *Satanas* (1), qui est-ce qui pourrait
écouter avec patience ton bavardage
sans fin? Ce n'est pas par goût que je
veux retarder la célébration du mariage,
mais parceque j'y suis forcé par de
malheureuses circonstances.

— Que dites-vous, mon cher maître?
Certes il n'est rien arrivé.

(1) Satan.

— Il est une chose fort extraordinaire, Roque; ce que je vais te raconter t'étonnera bien.

— Continuez, Seigneur, ne me tenez pas en suspens; je vous assure que rien ne peut m'étonner.

— J'ai vu, reprit Gomez Arias d'un ton solennel, j'ai vu Theodora.

— Theodora! répéta Roque affectant la surprise. Vous avez vu Theodora! en rêve, probablement, mon bon maître?

— Je l'ai vue aussi bien que je te vois en ce moment. Qui plus est, je lui ai parlé.

— Mais où donc, Seigneur?

— Ici, dans cet appartement.

— Vous m'étonnez bien, reprit Roque; et cependant je ne puis pas dire que cela soit fort extraordinaire, car moi-même je l'ai vue, — c'est-à-dire, j'ai rêvé que je la voyais, — et vous savez, mon cher maître, que les rêves sont souvent les précurseurs de la réalité.

— C'en est assez, dit Don Lope ; maintenant il faut nous occuper d'éloigner le danger.

— Le danger! répéta Roque ; au nom de *san Pablo*, quel danger avez-vous à redouter ?

— Oh! Roque, je suis menacé du plus grand de tous.

— *Virgen santa!* que dites-vous, Seigneur?

— Theodora compte que je romprai l'union projetée, et que nous quitterons ce palais ensemble ; sinon elle publiera ma conduite au pied de l'autel.

— Eh quoi! dit Roque, cette jolie dame n'est-elle pas lasse de courir? Bon Dieu! j'aurais cru qu'elle avait eu trop d'aventures dans les montagnes pour désirer de repartir avec vous.

— Roque, dit Gomez Arias, il faut nous débarrasser de cette fille.

— Nous débarrasser? répéta l'homme de confiance, nous débarrasser, Seigneur? mais elle ne m'embarrasse nullement.

— Pas de mauvaises plaisanteries, coquin; vous choisissez mal votre temps. Maintenant, écoutez-moi. Il faut nous rendre maîtres de Theodora; vous sentez l'urgence de cette mesure.

— Je la sens très bien, répondit Roque.

— Et le plus tôt sera le meilleur, continua Don Lope tout en réfléchissant.

— C'est vrai, dit le valet.

— Mais je cherche en vain, dit Gomez Arias, un moyen pour arriver à ce but sans éveiller les soupçons dans cette maison.

— Je n'en trouve pas non plus, ajouta Roque.

— C'est vraiment une calamité.

— Une calamité sans pareille.

— Il faut nécessairement, continua Don Lope, que j'agisse de ruse ; il faut que le mariage soit retardé, et je vais pour cela aborder bravement Don Alonzo. Je ne demanderai qu'un jour de délai, et il faudra bien que pendant ce temps toutes les choses s'arrangent d'une manière ou d'une autre.

Don Lope prononça ces derniers mots avec un sang-froid imperturbable ; mais l'honnête Roque, pensant avec raison que tous les moyens d'éloigner une femme qui gêne ne sont pas également d'accord avec les lois de la conscience, osa dire :

— Pardonnez, Don Lope ; mais j'espère que vos projets ne sont pas d'user de quelque violence ; car Dieu sait que la pauvre Dame n'est déjà que trop digne de compassion.

— Roque, tu es un sot bien impertinent et bien officieux !

— Cela peut être, répliqua froide-

3. 4

ment le valet ; mais veuillez vous souvenir que, dès le commencement de
cette aventure, depuis le premier moment où vous versâtes votre doux poi-
son dans le cœur de cette innocente
fille , je m'opposai de toutes mes forces
à une telle conduite : quelque chose
me disait qu'elle n'aurait que les plus
fâcheux résultats : le temps montrera
qu'il faut quelquefois croire aux pré-
dictions. Veuillez vous rappeler , Señor, combien de fois je vous ai fait
des remontrances sur cette triste affaire.

— Je m'en souviens , Roque, et je
pense que vous devez vous souvenir
aussi de ce que votre éloquence vous
valut.

— Oh ! Señor, ces faveurs sont si
profondément gravées dans ma mémoire, qu'il serait difficile de les en
effacer.

— Eh bien ! continua Gomez Arias,

sachez, Roque, que je suis en ce moment
tout disposé à vous traiter aussi bien,
si vous ne mettez un terme à vos impertinentes observations. Vos doléances
et vos regrets sur le passé sont inutiles,
puisqu'il n'y a plus de remède à ce qui
est fait; mais j'ai besoin de votre imagination et de votre adresse pour m'aider dans les circonstances actuelles.
Vos scrupules peuvent se reposer, car
je n'emploierai pas la violence. Je vais
aller voir Don Alonzo, et préparer les
voies pour mes plans ultérieurs. Roque,
souviens-toi que si tu n'es pas entièrement las de la vie, tu feras bien de garder sur tout ceci le plus profond silence.
Maintenant va-t-en, et attends-moi
dans deux heures à la *Plaza Nueva*.

Roque fit un profond salut en signe
d'obéissance, et se retira. Alors Gomez
Arias, rassemblant toute la fermeté,
tout le courage que demandait une
démarche aussi importante, quitta son

appartement pour se rendre chez Don
Alonzo de Aguilar. Il fut bientôt frappé
du bruit et de l'activité qui régnaient,
dans tout le palais pour les préparatifs
de la fête. Ici l'on rencontrait des femmes de chambre souriant, marchant
avec empressement : là, des valets,
portant de somptueuses livrées, et prenant plus ou moins d'importance selon
le degré de responsabilité qui devait
peser sur eux pendant la fête; puis on
voyait d'élégans pages portant des présens de noces dans de grands et magnifiques plats d'argent. Venait ensuite
une foule d'amis, qui s'empressèrent de
se faire jour jusqu'à Gomez Arias pour
offrir leurs félicitations à l'heureux
époux; mais il y avait dans l'expression
de figure de cet époux quelque chose
autre que le bonheur. Ces témoignages
d'affection ne s'arrêtèrent pas aux amis;
car la pompe de la noce avait attiré un
bon nombre de ménestrels, de bardes

affamés, qui s'empressaient d'arriver pour faire entendre au marié leurs chants d'amour et leurs poésies; et l'on peut bien penser qu'au fond de son cœur Don Lope n'y répondait que par des malédictions.

Il traversa les longues galeries, les vastes salles du palais, déjà assiégées par une foule nombreuse, — les uns attirés par la beauté de la fête, d'autres par le parfum des mets délicieux qui devaient composer le banquet; car les connaisseurs en science culinaire auguraient fort bien de cette partie des réjouissances, d'après le nombre d'artistes de talent qui s'en occupaient. Don Lope se débarrassant avec peine des complimens, des embrassades de ses soi-disant chers amis, et traversant cette armée de parasites, appela un des domestiques et lui ordonna de l'annoncer à Don Alonzo de Aguilar.

Il trouva le vieux guerrier déjà ha-

billé pour la cérémonie et ceignant une
superbe épée qu'il ne portait que dans
les solennités. Après les premiers sa-
luts, Gomez Arias resta quelques in-
stants silencieux, cherchant en lui-
même le meilleur moyen d'entamer la
conversation pénible pour laquelle il
était venu. Le sentiment du mensonge
qu'il allait faire rendait sa position fort
embarrassante, et sa présence d'esprit
habituelle semblait l'avoir presqu'entièrement abandonné en ce moment
critique. Le vieux guerrier fut frappé
de l'air embarrassé de Gomez Arias
dont le ton était ordinairement si noble et si franc.

Pensant que le jeune guerrier avait
quelque chose à lui communiquer,
Aguilar attendit qu'il rompit le silence,
mais voyant qu'il y paraissait peu disposé, il prit enfin la parole et dit :

— Don Lope, vous êtes réellement
trop pensif pour un jour de mariage.

Un nouveau silence suivit ; mais Don Lope sentant combien sa position devenait de plus en plus embarrassante, comprit qu'il était temps de prendre un parti décisif. Rassemblant toute son éloquence, il s'adressa enfin en ces termes et du ton le plus respectueux au père de Leonor :

Señor, je viens d'être accablé par un évènement inattendu, et l'émotion qu'il m'a causée a dû vous frapper ; — mais je me vois à mon grand regret forcé de vous en donner communication, et de réclamer vos conseils, avant le commencement de la cérémonie.

Parlez, Señor, dit Aguilar ; cependant permettez-moi de vous faire observer que vous ne deviez pas attendre jusqu'à ce jour si vous aviez quelqu'importante communication à me faire.

— Don Alonzo, reprit Gomez Arias avec résolution, il y a des circonstances dans la vie où la volonté de l'homme ne peut rien, et quelque extraordinaire que puisse paraître ma requête, il est pourtant indispensable que je vous l'adresse. Je vous demande, Señor, avec tout le respect auquel vous avez droit, mais aussi avec toute la fermeté que mon devoir m'impose; je vous demande de vouloir bien remettre à demain la bénédiction nuptiale.

— Quoi! s'écria Aguilar frappé d'étonnement, différer la cérémonie nuptiale! Don Lope, que signifie ceci? voulez-vous donc faire une insulte à ma maison?

— Me supposer coupable d'une telle intention, reprit Gomez Arias avec calme, serait une grande injustice : l'honneur de votre maison, Don Alonzo de Aguilar, est maintenant étroitement lié au mien.

—Que dois-je donc penser d'une

aussi étrange proposition? demanda
Aguilar d'une voix indignée.

— Une telle demande, reprit Gomez
Arias, ne vous aurait jamais été faite
s'il n'eût dépendu que de moi ; et vous
devez concevoir tout ce que je souffre
lorsque je me vois forcé de retarder
d'un jour mon bonheur. Certes, il a
fallu une raison bien forte pour me décider à une telle démarche; et j'espère
qu'elle sera ma justification. Mon digne
ami, le Comte Ureña, vient de m'en-
voyer un exprès pour m'apprendre
qu'il est atteint d'une maladie mortelle,
et pour me conjurer de me rendre près
de lui avant qu'il n'en soit plus temps,
si j'attache quelque prix à la bénédiction d'un mourant. Il veut me faire une
communication de la plus haute importance, et qu'il ne peut confier qu'à
moi. Le château du Comte n'étant qu'à
six lieues d'ici, je serai de retour demain. Maintenant, ajouta-t-il, Don

Alonzo, je réclame vos conseils : mé-
priserai-je la dernière prière d'un
homme auquel ma famille a les plus
grandes obligations, ou consentirez-vous
à ce que la cérémonie soit remise à demain ? Par ce moyen, j'accomplirais les
devoirs de l'honneur et de l'humanité
sans trop retarder mon propre bonheur.

Quoiqu'il fût aisé d'apercevoir que
l'orgueil de Don Alonzo était profondément blessé, il fut bientôt calmé par
la justesse de la proposition de Gomez
Arias.

— Mais, dit-il, d'un ton un peu
brusque, vous n'avez pas, Don Lope,
que ma permission à obtenir. Ma fille
doit être consultée. — Avez-vous son
approbation ? Il faut aussi informer la
Reine de cet évènement subit ; et je ne
sais trop si Sa Majesté approuvera ce
dérangement.

Gomez Arias promit d'obtenir la

permission de Leonor, si Don Alonzo
voulait pendant ce temps employer son
influence sur la Reine, pour lui faire
sentir la nécessité de ce délai. Il connaissait trop bien la fierté de Leonor
pour ne pas deviner combien elle allait
se trouver offensée; cependant il avait
confiance dans son éloquence persua-
sive pour triompher de toutes les ob-
jections qu'elle pourrait faire. Il se
rendit à l'appartement de sa future
épouse, obtint la permission de lui parler, et fut frappé en l'abordant de son
extrême beauté, rendue plus éclatante
encore par la richesse de sa parure.

— Eh bien ! Don Lope, dit-elle en
souriant et en se regardant dans le
miroir, comment me trouvez-vous ?

— Semblable à une Divinité, à laquelle j'offre mes adorations, répliqua
galamment Gomez Arias, en prenant
sa main et en la baisant avec une tendresse respectueuse.

— Leonor répondit à cet hommage de son amant par un regard affectueux; puis elle s'écria en riant :

— Mais je ne puis féliciter le Seigneur Don Lope sur le goût qui a présidé à sa toilette : il va certainement me répondre que son imagination était trop préoccupée par ma beauté pour pouvoir accorder une pensée à sa propre personne : cependant, par respect pour la Reine, et les nobles amis dont la présence doit honorer notre union, il est nécessaire que le cavalier reporte son attention sur lui-même quelque indigne qu'il s'en trouve.

Elle allait continuer, lorsque Gomez Arias, qui regardait chaque moment qui s'écoulait comme une perte importante pour l'exécution de ses projets, se décida à lui faire part de sa détermination.

— Il semble, ma chère Leonor, lui dit-il, que le sort veuille me faire souffrir plus de tourmens qu'à tout autre homme ; car, au moment où le dernier obstacle à notre union venait d'être levé, où le vœu le plus cher allait se réaliser, je suis....

— J'espère, Lope, interrompit Leonor d'une voix émue, que votre témérité ne vous a pas replongé dans un péril semblable à celui auquel vous avez échappé il y a si peu de temps ? — et cependant votre trouble, le désordre de votre toilette, annoncent quelque malheur. — Parlez, Don Lope. — Faites-moi tout connaître.

— Calmez-vous, ma chère Leonor ; il n'y a aucun malheur à redouter.

Alors il lui expliqua en peu de mots ce qu'il avait déjà dit à son père, et employa les termes les plus doux pour solliciter son consentement.

— Et quel besoin avez-vous de mon consentement, dit Leonor dont la physionomie exprimait le plus vif déplaisir, pour une chose que la reine et mon père approuvent ? Certainement, continua - t - elle, remettons la cérémonie.

Il y avait, dans la voix de Leonor, lorsqu'elle prononça ces mots, quelque chose qui émut le cœur de Don Lope ; car son sourire ironique et son calme forcé montraient clairement que, malgré l'indifférence qu'elle affectait, son orgueil était profondément blessé. Gomez Arias eut recours à toute son éloquence pour diminuer son ressentiment; mais elle repoussa toutes ses prières avec beaucoup de dignité.

—Allez, Don Lope, lui dit-elle avec fierté, le temps que vous passez ici est perdu ; pensez à l'état où est le Comte; et si vous ne faites diligence, il ne connaîtra peut-être jamais tout ce que vaut son tendre ami.

Alors, appelant ses femmes, elle commença à se dépouiller de toute sa parure, avec la plus parfaite indifférence, ne cessant de rappeler à son futur époux la nécessité d'un prompt départ.

Gomez Arias, quoiqu'à regret, fut forcé de la quitter, et il sortit précipitamment pour mettre à exécution le projet qui l'occupait.

Leonor eut bientôt quitté sa toilette nuptiale, au grand étonnement de ses femmes déconcertées par un évènement si extraordinaire. Elles ne pouvaient s'expliquer la gaieté avec laquelle Léonor avait annoncé que la noce était retardée. Mais sous cet extérieur indifférent, Léonor cachait un profond ressentiment de l'injure qui lui était faite; cet orgueil irrité lui ordonnait de renfermer toute émotion; mais les effets de cette dissimulation devaient être bien plus grands, bien plus durables, que si son cœur se fût épanché en plaintes et en reproches.

On peut aisément concevoir la surprise de tous les gens de la maison, lorsque Don Alonzo annonça cette nouvelle si inattendue. On discuta tous les petits incidens, mais ces discussions n'eurent aucun résultat satisfaisant, et tout le monde déclama à haute voix contre un évènement qui contrariait l'intérêt des uns et les plaisirs des autres.

CHAPITRE V.

L'ambition, semblable à un torrent, ne revient
jamais sur le passé; cette passion va toujours
croissant, et meurt la dernière dans un esprit
élevé. Elle se révolte contre l'âme et la raison;
fait plier toutes lois, toute conscience; foule
aux pieds la religion, et étouffe la nature elle-
même. BEN JOHNSON.

En quittant Leonor, Gomez Arias
se rendit au lieu où il avait donné rendez-vous à son valet. Il rejoignit bientôt le diligent Roque et lui raconta en
peu de mots le succès de ses démarches.

— Mon bon Roque, lui dit-il gaie-
ment, la route commence à se débarrasser et rien n'entravera notre course.

— Oui, Seigneur, répondit Roque,

3. 4.

cela me semble ainsi ; mais Dieu veuille que nous ne rencontrions pas de nouveaux obstacles! Si celui qui marche la conscience nette doit faire attention à ne pas broncher, quelle chance avons-nous?

— Eh bien! dit son maître en riant, s'il en est ainsi, prends garde de te trouver sur mon chemin; car ma chute te vaudra quelque bonne contusion.

— Vraiment, mon doux maître, dit le valet de bonne humeur, j'aurais beau faire, je ne pourrais éviter un tel péril; car par un malheur inexplicable, lorsque vous tombez, je suis sûr de recevoir le contre-coup; en attendant, que les Saints nous protègent dans toute entreprise légitime, et certes il n'y a pas de loi plus forte que la nécessité.

— Oh ciel! s'écria tout-à-coup Don Lope, Roque! regarde, quel est ce cavalier là-bas?

Roque obéit à son maître, mais il n'aperçut rien qui pût exciter une telle exclamation.

— Seigneur, dit-il tout surpris, qui peut vous effrayer ainsi?

— Ce *Caballero* ne va-t-il pas vers notre maison?

Cela se peut; mais qu'y a-t-il d'étrange à cela?

— Certainement c'est le comte Ureña!

— Cela y ressemble en effet.

— Ah! je suis perdu! cours Roque; hâte-toi; arrête-le.

Sans plus d'explication et pour augmenter l'élan de son valet, il lui donna un bon coup de poing dans le dos, et s'avança lui-même à la hâte vers celui qui venait le troubler si mal à propos.

Roque, en bon serviteur, ne perdit pas de temps et obéit à son maître en courant de toutes ses forces après le personnage en question. C'était en effet le Comte, et Gomez Arias n'en pou-

vant douter, le saisit par l'épaule en
lui disant de s'arrêter.

—Que signifie ceci ? s'écria Ureña
fort mécontent d'un salut aussi incivil.
Qui est-ce qui ose...?

—Votre ami, répondit Gomez Arias
en riant.

— Don Lope ! s'écria Ureña fort
étonné.

—Lui-même, mais où alliez-vous ?

— Chez vous, et vous conviendrez
que je suis un ami rare; car je n'ai pu
résister au désir d'assister à votre mariage, quoique n'étant pas complètement rétabli de ma dernière indisposition; alors je me suis mis en route pour
Grenade et j'arrive à temps, j'espère.

— Oh! parfaitement, répondit Don
Lope, évidemment contrarié.

—Mais on dirait, continua le Comte,
que mon arrivée ne vous fait pas plaisir ?

— Mon cher ami, il faut que vous

excusiez ma conduite en apparence impolie, et surtout que vous ne vous montriez pas à Grenade. Je viens de faire partir pour votre château un exprès qui vous en expliquera les raisons.

— Mais enfin pourquoi?

— Je vous le demande comme une faveur particulière.

— Je ne puis vous comprendre, dit le Comte fort embarrassé: alors il se tourna vers Roque; mais celui-ci se doutant qu'il allait être questionné, sentant qu'il ne pourrait pas répondre d'une manière satisfaisante, et voulant éviter au Comte la peine de parler pour rien, leva les épaules et fit rouler ses yeux d'une manière fort expressive.

—Mon cher Comte, répondit Gomez Arias, il est de la plus haute importance que vous ne soyez vu en ce moment dans la ville par aucun de nos amis ou connaissances réciproques.

C'est mon repos, mon avenir et même mon honneur qui réclament ce sacrifice de votre amitié. Je n'ai pas le temps de vous rien expliquer; mais l'énigme sera comprise aussitôt que vous aurez reçu ma lettre : qu'il vous suffise de savoir que si vous quittez à l'instant Grenade, si vous vous renfermez dans votre château, vous me liez à vous par une reconnaissance éternelle.

— Par *San-Iago*, Don Lope, s'écria le Comte avec gaieté, vous êtes malade, ou plutôt vous voulez vous amuser à mes dépens. Eh bien! je suis enchanté de voir un marié en aussi bonnes dispositions.

— Non, répondit Gomez Arias, je vous jure sur mon honneur que la nécessité la plus impérieuse me porte seule à cette démarche.

— C'est bien, c'est bien, dit le Gentilhomme, quelles que soient vos raisons, je ferai très volontiers ce que vous me demandez.

Les deux amis se séparèrent alors ; et Don Lope respira plus librement comme s'il n'eût plus à douter de la réussite de ses projets.

— Seigneur, dit Roque, nous parlions d'obstacles, et juste en ce moment le Comte arrive. Dieu veuille que nous n'en rencontrions plus !

—Roque, répondit Gomez Arias, si je ne me trompe, ce qui nous reste à faire est le plus difficile, et je suis bien en peine du succès.

— Voilà qui est très prudemment dit, ajouta Roque ; car c'est vraiment une œuvre bien délicate que de disposer d'une femme lorsque malheureusement elle ne désire pas que l'on dispose d'elle ; mais où allons-nous maintenant ?

— Aux jardins, car là nous ne serons pas vus : après un moment de si-

lence il reprit : Roque, tu sembles
mal à ton aise ; pourquoi donc re-
tournes-tu la tête à chaque instant,
comme si tu craignais quelque chose !

— Oh rien, Seigneur, rien absolument.

Le valet répondit ces mots avec embarras; car l'observation de son maître
était juste. Depuis quelques instans,
Roque paraissait si troublé, que l'attention de Don Lope se porta à la fin
sur ce qui attirait celle de son valet,
et il s'aperçut qu'un étranger les suivait à quelque distance. C'était un
Maure, d'un aspect dur et sombre, et
qui certainement les observait, quoiqu'affectant une indifférence complète
à leur égard.

— Roque, connais-tu cet homme
étrange? demanda Gomez Arias, dont
les soupçons s'éveillaient alors au moindre incident.

— Pouvez-vous penser, mon cher

Maître, que je fréquente un Maure aussi misérable? Et que ferai-je d'une telle connaissance? Je suis un *Christiano viejo* (1), et ma conscience ne me permet pas de me lier avec des infidèles, surtout lorsqu'ils ont une aussi vilaine figure que ce coquin-là.

— Roque, Roque, ta volubilité et ton empressement à te défendre me portent à croire que tu connais cet étranger plus que tu ne veux que je le sache.

— *San Pedro me valga!* s'écria Roque : Comment pouvez-vous douter de ma sincérité? Pensez-vous, Seigneur, qu'il me fût possible d'avoir quelque secret pour mon Maître?

— Retire-toi, chien d'hypocrite, s'écria Don Lope, tu ne réussiras pas à me tromper; mais en ce moment je suis occupé par des choses trop importantes. Cependant, écoute-moi; si je

_____

(1) Vieux Chrétien.

3. 5

découvre quelque chose de douteux dans ta conduite, si tu as eu recours au mensonge, trembles.

— Trembler! répéta Roque d'une voix altérée et en affectant de l'indifférence : Un honnête homme ne tremble jamais.

En ce moment, et comme s'il ne se fût pas senti toutes les qualités requises pour faire un honnête homme, il tremblait comme la feuille. Ils entrèrent alors dans les jardins, et Gomez Arias fut très surpris de voir que ce même Maure les y suivait encore, quoique continuant à se tenir à une distance respectueuse.

— Sur mon honneur, s'écria Don Lope, une telle conduite n'est pas naturelle; Roque, *maldito* (1). il y a quelque mystère là-dessous.

— Sous quoi, Seigneur Don Lope?

_____

(1) Maudit.

demanda le valet avec la plus grande simplicité.

— N'essaie pas de m'en imposer, vil valet. Pourquoi ce Maure nous suit-il ainsi ?

— Mais, mon cher Maître, puis-je arrêter cet homme ? Ai-je quelque pouvoir sur lui ? Ces jardins sont publics, et je pense qu'il doit avoir le droit de s'y promener aussi bien que nous autres bons Chrétiens. Mais certes un tel scandale et une telle abomination cesseraient, si vous obteniez de la Reine de limiter les priviléges de ces infidèles et de leur désigner une promenade particulière loin de tous les jardins publics ; et ainsi...

— Tais-toi, maudit chien ! dit Don Lope interrompant Roque. Tais-toi, car je ne puis plus supporter tes interminables discours ; jamais valet plus bavard n'a abusé de la patience d'un Maître indulgent. Regarde, voilà en-

core ce Maure mystérieux ; et si je ne
me trompe, c'est le même qui m'a déjà
suivi deux fois. Oui, très certainement,
je le reconnais, quoiqu'il ait un peu
changé son déguisement.

—Quoi ! s'écria Roque en s'oubliant:
Il vous a aussi suivi, Seigneur ?

— Ah! reprit Don Lope, vous l'avez
donc déja vu? maintenant, coquin,
ajouta-t-il en saisissant rudement à la
gorge son pauvre valet, cesse de dissimuler, ou par *Sant-Iago*, je t'étran-
gle à l'instant!

— Certes, mon bon Maître, vous
ne voudriez pas faire du mal à votre
fidèle Roque

— Es-tu donc disposé à avouer que
tu connais ce Maure ?

— En bon Chrétien, je suis toujours
prêt à dire la vérité.

— Eh bien ! alors commence ta confession, pécheur.

— Cela est fort aisé à dire, murmura

le valet; mais je vous assure qu'il me
sera impossible d'avouer mes péchés,
tant que vous me serrerez la gorge avec
une telle barbarie. De grâce, mon bon
Seigneur, lâchez-moi un peu, ou je vais
mourir sans confession.

La figure du pauvre valet offrait
la preuve trop évidente de ce qu'il disait; sa langue s'alongeait; ses yeux,
ordinairement renfoncés, ressortaient
d'une manière extraordinaire : on voyait
que Don Lope, ordinairement si élé-
gant, si gracieux dans ses manières,
pensait fort peu aux règles de la poli-
tesse lorsque par hasard il portait la
main sur son malheureux valet.

Don Lope apercevant sa souffrance,
lâcha Roque après l'avoir fortement secoué, et le valet, après avoir repris sa
respiration, commença l'examen de sa
toilette pour s'assurer qu'elle n'avait
pas été endommagée, et portant sa
main à son cou, il s'écria :

—*Virgen santa!* Voilà une belle conduite! Oh! mon cher Maître, qu'avez-
vous fait là! Voilà ma belle, ma superbe *gorguera* (1) déchirée, mise en piè-
ces, abîmée sans ressource. Oh mon Dieu!
une si belle *gorguera*, brodée par les
jolis doigts de Lisarda! et que dira-
t-elle? Quel inépuisable sujet de bavardage que la destruction de sa magni-
fique *gorguera!*

— Par toutes les puissances de l'en-
fer! s'écria Gomez Arias, je te trouve
parfaitement assorti à toutes les Lisar-
das de la terre!

— Ma belle *gorguera* ne mérite peut-
être pas de vous occuper, Seigneur;
vous réservez votre éloquence pour
des objets plus nobles. Mais considé-
rez que....

— Ah! fripon, je n'ai pas le temps
d'écouter tes sottises. Je vois où tu veux

(1) Sorte de garniture que l'on portait alors autour
du cou. — Une collerette.

en venir; tu cherches à éluder mes questions; mais allons, Roque, il faut que tu t'expliques; combien de fois as-tu vu ce Maure?

— Plus souvent que je ne l'eusse désiré, répondit Roque.

— Il voulait donc se lier avec toi ?

— Apparemment; mais vous savez, Seigneur, qu'il ne faut pas toujours ajouter foi aux apparences.

— Comment vous êtes-vous rencontrés ?

— Je ne l'ai pas rencontré; car, comme j'avançais toujours, lui me suivait. Mais tous deux marchant d'un pas fort régulier, nous aurions bien pu faire le tour de l'Espagne sans nous rejoindre.

Malgré tous ses sujets de mécontentement, Gomez Arias ne put s'empêcher de sourire du raisonnement de son valet; et pensant qu'il réussirait

mieux près d'un tel esprit en usant de
douceur plutôt que de force, il lui dit :

— Allons, Roque, je veux bien avoir
confiance en vos paroles ; mais en
échange, il faut agir franchement
avec moi.

— Ah ! Seigneur, répliqua Roque
froidement, quant à la confiance, nous
sommes quittes.

— Comment, coquin ! nous sommes
quittes ?

— N'ai-je pas confiance en vous,
pour les gages que vous me devez ?
répondit Roque sans s'émouvoir.

— Quelque jour vous irez trop loin,
Roque. Je puis rire de vos folies, mais
elles ne sont pas toujours d'accord
avec mon humeur. Cependant, pour
en revenir au sujet en question, il paraît que ce Maure a cherché à faire
connaissance avec vous.

— Oui, je dois en convenir, répondit Roque ; mais en ajoutant que je ne

pourrai jamais être responsable des
caprices d'un Maure ou d'un Chrétien
à mon égard tant que je ne les aurai
pas encouragés; et c'est bien le cas en
ce moment.

— C'est bien, dit Gomez Arias, j'é-
claircirai cela plus tard; car il faut
qu'en ce moment je m'occupe de choses
plus importantes : voyons, Roque,
dites-moi maintenant ce que votre imagination fertile a inventé pour me dé-
livrer de l'objet qui m'importune.

— Mon imagination fertile, puisque
vous voulez bien nommer ainsi cette
faculté, que, dans d'autres momens,
vous traitez avec mépris; — mon imagination fertile, Seigneur, a inventé...

—Quoi! mon bon Roque? dit Gomez
avec empressement.

— Rien absolument, répondit le
valet.

— Sot contrariant ! s'écria Gomez.

Arias; je ne sais ce qui m'engage à te garder à mon service.

Ils se turent tous deux ; et Don Lope, ne sachant quel parti prendre, s'assit sur un banc de pierre, caché par les arbres. Il continua à réfléchir, et, pendant ce temps, Roque, qui ne voulait pas interrompre ses méditations, s'occupa de sa *Gorguera*, dont le sort malheureux lui arrachait de profonds soupirs.

— Roque, dit Gomez Arias, sortant de sa rêverie, je ne vois d'autre ressource que de placer Theodora dans un couvent.

— Certes, répondit Roque, cela serait fort bien ; mais il faut qu'elle y consente.

— Qu'elle y consente ! Par ma foi ! crois-tu que je vais prendre la peine de consulter ses goûts ? — Non, Roque ; à moins que nous ne trouvions à l'instant un meilleur expédient, il faut s'en tenir au couvent ; car le temps s'écoule rapidement, et c'est cette nuit qu'il faut nous défaire de cette fille.

— Mais pourquoi ne la renverriez-vous pas à son père ? demanda Roque : pauvre enfant ! elle est si malheureuse que...

— La renvoyer à son père ! mais, Roque, es-tu fou ? ou bien veux-tu donc voir ma fortune à jamais renversée ?

— Ni l'un ni l'autre, dit le valet, mais il me semble clair comme le jour qu'avant que nous ne réussissions à mettre cet oiseau en cage, son gazouillement appellera quelqu'un qui lui rendra la liberté, et alors je ne vois plus de chances pour raccommoder notre fortune ; et à propos de moyens de raccommodage, je me demande si j'en pourrai trouver un pour cette innocente et malheureuse *Gorguera*.

— Que le Ciel vous maudisse, toi et ta *Gorguera* ! s'écria Gomez Arias im-

patienté. Puis continuant avec calme :
Quant à tes craintes qu'on ne vienne à
son secours, il est aisé d'y remédier.

— *Santos Cielos !* s'écria Roque tout
effrayé ; vous ne voulez probablement
pas lui couper la langue ?

— Non, répondit Don Lope, c'est à
la vôtre que je promets ce sort, si elle
ne se conduit mieux. Puis il ajouta : —
Theodora sera bien adroite si elle réussit à faire parvenir ici ses plaintes,
lorsqu'elle sera dans un couvent de
quelque ville bien éloignée ? telle que
Barcelone ou Saragosse, par exemple.

— Mais, Seigneur, est-ce par la ma-
gie ou par un moyen naturel que la
jeune Dame doit être conduite dans
cette ville éloignée; et dans ce dernier
cas, il vous faudra user d'une grande
adresse pour tromper un oiseau qui
s'est déjà pris une fois dans vos piéges.

— C'est vrai, répondit Gomez Arias;
mais entre deux dangers, il faut remé-

dier au plus rapproché. Je n'ose me
flatter que cette affaire ne sera jamais
connue; mais du moins, si je ne puis
éviter l'orage, je veux m'être assuré un
bon abri avant qu'il n'éclate.

— C'est très bien, Seigneur, mais
l'affaire est tellement délicate, que je
n'ai pas la présomption de pouvoir
vous donner des conseils. Je vous obéirai ponctuellement, pourvu que vos
ordres ne soient pas en opposition trop
directe avec ma conscience et...

— Eh quoi? reprit Don Lope.

—*Lavabo inter innocentes manus meas,*
chanta le valet d'une voix solennelle,
et en faisant en même temps le signe de
se laver les mains.

—*Lavabo inter innocentes:* en vérité,
répéta Gomez Arias, voilà un pécheur
bien consciencieux! ainsi vous ne pouvez me trouver quelque moyen exécu-
table?

—En vérité, cela m'est impossible.—
Qui diable pourra donc me tirer d'embarras ? s'écria Gomez Arias désespéré.

— Je le puis! répondit une voix
creuse et ferme.

— Gomez Arias tressaillit, se retourna, et vit avec étonnement le mystérieux étranger, près de lui, les bras
croisés et le regardant avec calme.

—Qui es-tu, demanda Don Lope,
pour oser te mêler de mes affaires?

— Eh! bon Dieu! qui voulez-vous
que ce soit, mon cher maître ? ne don-
nant pas à l'étranger le temps de répondre. Vous invoquiez le diable, et
tout de suite il vous envoie un de ses
émissaires.

—Étranger! continua Gomez Arias
sans écouter son valet, quel est ton
nom?

— Que vous importe? répondit froidement le Maure, cela ne vous est nul-

lement nécessaire pour accepter mes
services.

— Et en quoi peux-tu m'aider ? je
ne te connais pas, et cependant tes
traits ne me sont pas entièrement
étrangers.

—Cela peut être, répondit le Maure
sans s'émouvoir; vous aussi ne m'êtes
pas inconnu.

— Qui donc es-tu? demanda Gomez
Arias.

— Un Maure! un indigne Maure!
répondit amèrement le Renégat; car
c'était lui qui parlait à Don Lope, et
qui ne pouvait craindre d'être reconnu,
changé comme il l'était par l'influence
des passions, par de longues souffrances, et en outre par le costume qu'il
avait pris pour déjouer la pénétration
de Gomez Arias.

— Qu'importe qui je suis? continua
le Renégat; je viens pour vous offrir
mes services; les acceptez-vous ?

— Je ne le puis, répondit Don Lope avec fermeté, d'un étranger, sans connaître, avant, les motifs qui le font agir.

— Quoi! s'écria Bermudo, en affectant la surprise, vous ne pouvez deviner mes motifs? Certes, je ne prétends pas nier qu'en vous servant en ce moment, je tends surtout à me servir moi-même. En pouvez-vous attendre plus d'un étranger, comme vous me nommez? Regarde-moi, Chrétien, ajouta-t-il en étouffant la colère que la vue de son ennemi élevait dans son cœur. Vois, je suis un Maure, un misérable Maure. Et quelle autre chose que l'intérêt pourrait porter un malheureux proscrit à offrir ses services aux fiers et riches Espagnols? Pensez-vous que ce soit l'amour, ou l'estime, ou la reconnaissance? Non, jamais! Je ne consulte que mon intérêt particulier; consultez le vôtre, et décidez-vous.

— L'intérêt! répéta Gomez Arias;
il y a quelque chose de rassurant dans
ce mot. J'aime à entendre un homme
parler de son intérêt, car alors je suis
tenté de croire à sa sincérité. Eh bien!
Maure, que peux-tu donc faire pour ton
intérêt? Dis-moi en quoi tu peux me
servir?

— Je puis beaucoup, répondit le
Renégat; Don Lope Gomez Arias, vous
êtes en ce moment dans la position la
plus malheureuse.

— C'est vrai.

— Et c'est une femme qui cause
votre inquiétude.

— Continuez.

— Elle se nomme Theodora.

— Tu es bien au courant de cette
affaire; comment cela se peut-il? Et en
prononçant ces mots, il jeta un re-
pard terrible sur le tremblant Roque.

— Seigneur, s'écria Roque, aussi
vrai que j'espère être sauvé, je....

3.   5.

— Tais-toi, coquin!

— Ne grondez pas ce poltron, reprit le Renégat; il est vrai que je me suis adressé à lui, avant de me décider à vous offrir moi-même mes services; mais soit la crainte ou toute autre raison, il n'a pas voulu m'écouter. Alors, j'ai secoué tout scrupule, et sachant que la crise approchait, j'ai saisi cette occasion pour m'adresser à vous.

— Et quelle proposition as-tu à me faire?

Je puis lever tout obstacle à votre ambition; je puis vous débarrasser tout de suite de Theodora?

— Démon! oses-tu me proposer le meurtre? s'écria fièrement Gomez Arias.

— Non, Chrétien, répondit tranquillement Bermudo; quelles que soient la couleur de mon teint et l'expression de mes traits, je dédaigne de tremper mes mains dans le sang d'une femme: non, je ne suis pas encore un aussi

grand misérable que vous le supposez.
Theodora ne sera pas maltraitée, mais
je l'emmènerai loin de Grenade.

— Et si je consentais à cet arrangement, quelle sécurité m'offrirais-tu
pour l'accomplissement de ta promesse?

— Une sécurité irrécusable, l'amour
qu'un Maure a conçu pour elle.

— Eh quoi ! serais-tu cet adorateur ?
demanda ironiquement Gomez Arias.

— Non, s'écria le Renégat avec indignation ; voyez-vous en moi quelque
chose qui puisse vous faire présumer
cela ? ma physionomie exprime-t-elle
n sentiment tendre ?

— Il me semble, murmura Roque,
qu'il a raison.

— Je ne puis aimer, reprit le Renégat, mais un Maure d'un haut rang et
au service duquel je me suis consacré,
est vivement épris de cette beauté que
vous voulez éloigner : il la traitera avec

la plus grande considération, et fera tout pour obtenir son amour.

Les yeux de Gomez Arias brillèrent de satisfaction lorsqu'il entendit les propositions du Renégat, mais il s'arrêta avant de prendre un parti. Il regardait l'étranger avec le soin d'un homme qui veut se rendre compte de l'expression de chaque trait, cherchant à y découvrir quelque indice de trahison ; mais il ne trouva rien qui pût confirmer ses soupçons. Ce front noir était calme ; car Bermudo sentant bien qu'il serait examiné attentivement par Gomez Arias, s'était préparé à une entrevue dont dépendait tout le succès de son entreprise. Il ne paraissait que froid et sérieux ; aussi Gomez Arias ne put se douter des profonds desseins qui faisaient agir cet homme.

— Êtes - vous décidé ? demanda le Renégat rompant le silence.

— Où demeure le Maure à qui

Theodora serait remise? reprit Don
Lope. Si c'est dans cette ville, il est
inutile de continuer aucune négocia-
tion.

— Non, il n'habite pas Grenade,
quoiqu'il n'en soit pas loin en ce moment : si mes propositions vous con-
viennent, vous en apprendrez plus
long cette nuit ; mais il faut que vous
vous décidiez à l'instant, afin que je
fasse tous mes arrangemens.

Il croisa ses bras et regarda Gomez
Arias de l'air le plus indifférent.—Don
Lope hésitait ; son esprit trouvait quelque chose d'étrange à ce traité mystérieux ; mais l'idée du peu de temps qui
lui restait pour se sauver et l'immi-
nence du danger qu'il courait, firent
bientôt taire toutes ses craintes. Roque,
qui s'aperçut que son maître balançait,
essaya de l'engager avec douceur à rejeter l'offre du Maure, mais Don Lope
le repoussa avec colère.

— Coquin! lui dit-il, je n'ai que faire de tes conseils; ton humilité te défend d'en donner lorsque je les demande, et tu as maintenant la hardiesse d'émettre ton opinion!

— Maure, quelles sont tes conditions? continua-t-il, rassemblant toutes ses forces pour prendre un parti.

— Vous sentez, reprit le Maure, que ma récompense doit être proportionnée à l'importance du service que je rends.

— Et ce que tu regardes comme une juste rétribution, dit Gomez Arias en souriant avec dédain, sera, j'en suis sûr, une énorme exaction.

— Chrétien! reprit le Renégat, je ne puis mieux vous prouver que j'ai confiance dans l'importance de mon service, qu'en abandonnant à votre générosité le soin de la récompense. — Maintenant écoutez - moi. Vous vous trouverez à minuit avec Theodora à l'extrémité d'*el cerro de los Martires*(1); c'est à une très petite distance de Grenade, ainsi il vous sera aisé de vous y rendre. Je vous y attendrai, et vous pourrez aussi y rencontrer le noble Maure que je sers.

— Mon parti est pris, dit Gomez Arias; oui, vous me reverrez à minuit. Alors il se leva pour partir, mais le Renégat le retenant doucement, lui dit :

— Arrêtez; il me faut un gage à présenter à mon maître.

— Et que désires-tu ? demanda Don Lope.

— Cette bague, reprit Bermudo en en désignant une qui brillait au doigt de Gomez Arias.

—Ce diamant n'est qu'une bagatelle, mais qui ne doit jamais me quitter;

(1) Le mont des Martyrs.

demande toute autre chose ayant trois fois plus de valeur, et je te l'accorderai.

— L'un n'empêche pas l'autre, dit le Renégat avec dissimulation ; Don Lope pense-t-il que le service important que je lui rends fût suffisamment payé par un misérable anneau ? Il me le faut pour gage, mais en temps convenable je l'échangerai avec vous pour de l'or. Gomez Arias jeta un regard de mépris sur le Maure, qui jouait si bien son rôle, qu'on ne pouvait le prendre que pour un mercenaire.

— Eh bien ! que décidez-vous ? lui demanda-t-il en souriant malicieusement. Il faut vous séparer de votre bague, ou garder une femme que vous détestez.

— Prends-la donc ! dit Gomez Arias en jetant avec dédain le gage exigé. Le Renégat se baissa humblement pour le ramasser ; cependant il ne fut pas assez complètement maître de lui-même pour cacher la joie qu'il éprouvait de posséder un gage si précieux. Gomez Arias s'en aperçut, mais il attribua cette joie à l'avidité d'un malheureux qui semblait ne travailler que pour avoir de l'or. Il regarda encore une fois le Maure avec mépris, puis faisant un signe à Roque, il s'éloigna au même instant. Alors le Renégat s'abandonna à la joie qui remplissait son cœur ; il baisait la bague avec transport, puis regardant le côté par lequel Gomez Arias venait de partir, il s'écria :

— Maintenant, mon temps est venu ; et bientôt, fier Espagnol, tu sentiras la puissance de ton plus grand ennemi.

4. 6

CHAPITRE VI.

Cielos en que ha separar
Tan dificultosa empresa.
LOPE DE VEGA.

Quoi, tant de perfidie avec tant de courage ?
De crimes, de vertus, quel horrible assemblage!
VOLTAIRE.

Après la défaite de ses compagnons
à Alhacen, et l'anéantissement de toutes
leurs espérances, Bermudo le Renégat
s'était prudemment sauvé à Grenade.
Il savait que dans cette ville, où les
Maures et les Chrétiens vivaient ensemble, il serait bien plus tranquille qu'en
continuant à errer dans les montagnes ;
car ce genre de vie devenait de plus en

plus dangereux, à cause des recherches
actives que faisaient les Chrétiens pour
s'emparer de tout rebelle qui serait
surpris dans quelqu'une de ces retraites.
Beaucoup de Maures dispersés avaient
suivi le même parti, tandis que d'autres, moins entreprenans ou plus pré-
voyans, s'étaient cachés dans de sombres cavernes.

Le Renégat arriva des premiers à
Grenade, et, se mêlant adroitement à
la foule joyeuse des Chrétiens, il feignit
d'être fort occupé de la solennité de la
fête, tandis que toute son attention se
portait sur une cavalcade où il apercevait quelqu'un qu'il reconnaissait. Bientôt il ne put plus douter, malgré l'excès
de sa surprise, que ce ne fût Theodora,
la belle captive de Cañeri, qui s'offrait
à sa vue. La curiosité le porta à la suivre, et il apprit ainsi qu'elle était logée
au palais de Aguilar. Depuis ce moment
Bermudo consacra tout son temps à

trouver l'explication de cet évènement.
Il eut le plaisir d'apprendre que son
ennemi abhorré n'était pas mort, il le
vit même ; et en recherchant avec ar-
deur tout moyen probable de satisfaire
sa vengeance, ses premières démarches
avaient réussi au gré de ses désirs. Il
apprit le prochain mariage de Gomez
Arias, et se ressouvenant alors des
plaintes et du désespoir de Theodora,
lorsqu'on croyait ce guerrier mort, il
conclut de ce rapprochement qu'il exis-
tait quelque mystère dont la découverte pourrait lui être bien avantageuse.

Ce fut alors qu'il chercha à se lier
avec Roque, connu comme valet de
Gomez Arias, et que, servi par des
questions insidieuses et sa propre pénétration, il demeura persuadé que
Theodora était une maîtresse abandonnée de Gomez Arias ; amenée par hasard aux lieux mêmes où il comptait
se venger, elle devait être un grand ob-

stacle aux projets de son amant si elle apprenait sa trahison. Cette occasion qui se présentait pour effectuer la ruine de son ennemi exécré était trop favorable pour que le Renégat ne la saisît pas, et il résolut de faire tous ses efforts pour accomplir une vengeance qui était son unique but depuis tant d'années. Mais son plan d'attaque était aussi astucieux que le motif qui le faisait agir était diabolique. Quand il vit que Roque refusait absolument de parler de lui à son maître, il résolut de l'aborder lui-même, et le suivit dans cette intention aux promenades publiques. Ainsi, par sa conduite adroite, le Renégat, secondé par le trouble que causait à Don Lope le mauvais état de ses affaires, entraînait ce dernier dans un piége conçu avec tant d'art, qu'il devenait pour l'imprudent Gomez Arias un labyrinthe où sa perte était assurée, si le succès accompagnait son ennemi.

Bermudo ne put cacher sa joie lorsqu'il se vit maître de cette bague, dont
la Reine Isabelle avait fait don à Gomez
Arias, parcequ'il sentait que ce gage
précieux pouvait contribuer à l'heureux
accomplissement de ses manœuvres.
Tandis que d'un côté le Renégat attendait avec anxiété le résultat de chacun
de ses coups, et que de l'autre Don Lope
se félicitait sur la prompte terminaison
de son cruel arrangement, l'objet in-
fortuné de ces deux complots était heureux et calme dans le palais de son li-
bérateur.

Pour obéir aux ordres réitérés de
son amant, Theodora était restée enfermée dans son appartement. Toute confiante dans les promesses de Don Lope,
elle s'abandonnait à l'espoir d'un bonheur futur; et cependant elle ressentait
une sorte de trouble qui était une suite
naturelle des fortes émotions qu'elle
avait éprouvées. Enfin arriva le matin

de ce jour si important; et l'attention
de Theodora fut attirée par le bruit
qui régnait dans tout le palais, et dont
la cause pouvait être diversement in-
terprétée. Tantôt elle s'imaginait que
Gomez Arias avait déjà obtenu de Aguilar l'audience nécessaire pour lui tout
avouer; puis elle frémissait à l'idée que
les rêves agréables dont elle s'occupait
pourraient ne jamais se réaliser.

Elle fut heureusement distraite de
cet état d'anxiété par l'arrivée subite
de Lisarda, qui, entrant sans cérémonie, et paraissant fort agitée, s'écria
avant que Theodora eût le temps de la
questionner sur son trouble :

— *Santos Cielos !* Voilà de belles
choses ! Aurait-on pu présumer cela ?
Quelle honte ! Précisément au moment
où... Oh bien ! je me serais laissé cre-
ver les yeux, arracher la langue, avant
de consentir à être traitée de la sorte.
Après tant de préparatifs ! Ah ! mon

Dieu ! manquer de parole à toute une famille et troubler une société si honorable !

Ici, Lisarda fut forcée de s'arrêter pour reprendre haleine, et Theodora s'empressa de profiter de cela pour la questionner.

— Hé bien ! ma bonne Lisarda, lui dit-elle, apprenez-moi donc ce qui est arrivé? Aucun malheur pour la famille, j'espère.

— Hélas ! Madame, reprit Lisarda, vos espérances ne peuvent malheureusement pas empêcher ce malheur ; car vraiment c'en est un bien terrible ! Je suis sûre qu'il y a là-dedans de la fourberie, de l'insolence et un abominable parjure.

Oui, la famille a été traitée ce matin de la manière la plus humiliante. Jamais je n'avais vu manquer ainsi de délicatesse et d'usage. *Virgen Santa* ! Com-

ment tout cela finira-t-il ? Le ciel sait
que , pour ma part, je n'ai jamais eu
confiance dans le galant. — Non, non;
je l'ai toujours dit à Don Rodrigo. —
Mais il n'est plus question de cela ; le
mal est fait, il faut maintenant attendre
les résultats. Vraiment il y a de quoi
mettre en colère. — J'avais préparé une
belle toilette ; et maintenant la cérémonie est retardée !

— Quelle cérémonie est retardée ?
demanda Theodora avec empressement.

— La noce ! Madame. Quoi ! ne vous
l'avais-je pas encore dit ?

— Non , vraiment.

— Je suis alors bien étourdie ! Et
réellement , Madame ; quelle autre
chose que la noce pourrait être remise ?

— Et c'est là le malheur qui cause
de si grands regrets? reprit Theodora ,

pouvant à peine cacher sa satisfaction intérieure.

— Certainement, Madame ; et je trouve que l'affaire est bien digne du mécontentement qu'elle nous cause à tous. Bon Dieu ! Madame, si un tel accident vous arrivait, vous ne le supporteriez peut-être pas avec tant de philosophie. Mais Dieu me pardonne ! vous semblez vous réjouir de ce malheur !

— Me réjouir ! grand Dieu ! que voulez-vous dire ? reprit Theodora en rougissant et en s'efforçant de cacher son émotion. Comment pouvez-vous supposer que j'aie le cœur assez méchant pour me réjouir d'un évènement qui doit nécessairement affliger mon généreux bienfaiteur ?

— Ma chère Dame, ne vous fâchez pas de mon observation, mais, aussi vrai que je suis une bonne Chrétienne, vous paraissez bien mieux depuis hier.

Après avoir débité toutes les nouvelles du palais à sa belle maîtresse, la
bonne Lisarda s'en retourna à la recherche de quelque nouvelle particula-
rité. Bientôt après Theodora reçut la
visite de Don Alonzo, dont les traits
exprimaient fortement le mécontentement. Theodora en devinait facilement
la cause, et tout en se réjouissant d'un
évènement dont son bonheur dépendait, elle ne pouvait étouffer un sentiment de pitié généreuse en pensant
qu'elle était, quoique innocemment, la
cause véritable du chagrin de son bienfaiteur.

Elle fut tentée plus d'une fois, pendant cette visite, de se jeter aux pieds
de Aguilar et de lui avouer franchement sa triste histoire ; mais ensuite le
souvenir des ordres exprès de son
amant arrêtait ce mouvement généreux. Ainsi, pour obéir à un homme

qui ne s'occupait que de lui créer de nouveaux malheurs , elle faisait taire la voix de la franchise dans un cœur plein de délicatesse et de sincérité, qui souffrait vivement de cette dissimulation. Ce ne fut pas la seule épreuve que Theodora eut à subir. Il lui fallut refuser l'invitation pressante que lui fit Aguilar de paraître dans le salon , et elle eut la douleur de voir que son refus était interprété d'une manière défavorable. On pouvait regarder comme un caprice de femme ou un manque de reconnaissance pour son généreux bienfaiteur, une conduite qui était réellement celle d'une âme sensible et d'un cœur dévoué.

L'espérance de sortir bientôt d'une position si embarrassante fit supporter à Theodora ces nouvelles contrariétés avec patience et résignation. Elle passa ce jour long et pénible dans le doute et la crainte, et elle salua avec transport le moment où la nuit couvrit de son noir manteau les tours orgueil-leuses et les majestueux palais de Grenade.

CHAPITRE VII.

Per gli antri , et per le selve ognun traca
Allor la vita, nè fra setà , o lane
Le sue ruvide membra raccoglica.
                                      METASTASIO.

El Cerro de los Martires (1), situé à
peu de distance de Grenade et sur lequel la tradition raconte les histoires
les plus effrayantes, est un endroit où
se trouvent beaucoup de souterrains ,
de profondes cavernes, dans lesquelles
on prétend que les Maures, à une

(1) Le mont des Martyrs fut ainsi nommé à cause
des supplices que les Maures y firent endurer, dit-on ,
aux Chrétiens qui tombaient en leur pouvoir, et la
Reine Isabelle y fit ériger une chapelle qui devint un
lieu de pèlerinage.

époque reculée, enfermaient les Chrétiens qui devenaient leurs prisonniers
et qui y subissaient d'affreux tourmens.
Mais les vicissitudes de la fortune
avaient ensuite transformé ces sortes
de citadelles en des retraites sûres pour
les Maures déchus et dispersés. Plusieurs cependant avaient été décou-
vertes par le zèle infatigable des Espagnols, ou dénoncées par la trahison de
quelques vils Maures; mais il en exis-
tait encore quelques autres, qui, con-
nues seulement par les Maures les
plus dévoués, déjouaient toute recherche et étaient à l'abri de toute attaque.

C'était dans ces habitations souter-
raines que s'étaient réfugiés les débris
de l'armée de Cañeri, tandis que quelques uns du parti plus fort de El Feri
de Benastepar étaient rentrés à Grenade, et y avaient trouvé abri et protection de la part de leurs compatriotes,
malgré les lois sévères rendues par la

Reine, et les punitions infligées à ceux
qui les auraient violées.

Ainsi l'esprit de rébellion qui semblait étouffé ne l'était réellement pas
entièrement : semblable au feu qui
couve en secret sous la cendre, et qui,
pour brûler de nouveau, n'a besoin
que d'être remué par une main habile.
Mais le manque d'union parmi les Maures et la dispersion générale résultant de
la destruction de leur dernière ville, semblaient un obstacle insurmontable pour
organiser une seconde révolte. En outre, la mort de El Feri avait plongé
dans la consternation ses fidèles serviteurs, et il ne se trouvait pas un Maure
doué d'assez de talent ou de force de
caractère pour le remplacer.

Tel était l'état des choses, lorsqu'à
la fin d'un jour d'été, trois hommes
suivaient avec précaution le chemin
conduisant vers *el Cerro de los Marti-*
res. Les formes robustes et la physio-

nomie basse de celui qui semblait servir
de guide, faisaient aisément reconnaître Bermudo, le Renégat; les deux autres
étaient des étrangers et semblaient dégui-
sés. Ils avancèrent lentement, et soigneu-
sement jusqu'à ce qu'ils eussent atteint
un endroit couvert de ronces et entouré
d'arbres élevés étendant au loin leurs
branchages et dont le feuillage épais
interceptait la lumière du jour Ils pé-
nétrèrent dans le milieu de cette solitude, et à un signe du Renégat le buis-
son s'ébranla et laissa voir l'ouverture
jusque là cachée d'un profond passage
souterrain, dans lequel entrèrent avec
leur guide les deux hommes dont nous
venons de parler, et qui étaient des
Maures. Après être descendus pendant
quelques minutes, ils arrivèrent à une
vaste salle taillée dans le roc, éclairée
par une seule lampe qui ne donnait de
clarté que pour rendre l'obscurité plus
effrayante et pour laisser entrevoir

3.   6.

des figures naturellement laides, et
rendues hideuses par le besoin et l'é-
puisement. Une douzaine d'hommes et
deux ou trois femmes se reposaient
dans les coins de cette caverne ; leurs
vêtemens étaient déchirés et leurs traits
portaient l'empreinte du désespoir.

Une des extrémités de la salle était
un peu plus élevée, et là, sur les débris
d'un vieux tapis, était couché un homme
de meilleure mine et dont la toilette
n'était pas endommagée comme celle
de ses compagnons. On pense bien
que c'était le chef de cette bande qui ,
jugée sur les apparences, pouvait aisément passer pour une bande de voleurs déterminés. Mais il est rare qu'aux
environs d'une ville grande et riche les
voleurs soient dans un tel état de dé-
nuement ; et s'ils eussent été tels qu'on
pouvait le supposer, un témoin se serait demandé ce qui pouvait les en-

gager à continuer un métier si misérable.

Aussitôt que le Renégat et ses deux compagnons entrèrent dans ce lieu de tristesse, toutes ces figures lugubres se mirent en mouvement, parceque le Renégat et l'un de ses compagnons apportaient quelques provisions; l'autre, s'étant arrêté, regardait avec la plus profonde attention le spectacle qui s'offrait à ses yeux.

— Alagraf, Malique! s'écria le chef dont nous avons déjà parlé, quel est cet étranger?

— Ne crains rien, Cañeri, dit tout bas le Renégat, c'est un ami; peut-être même le compagnon le plus dévoué, le plus brave soutien des Maures dans la position actuelle.

—Certes, reprit Cañeri d'un ton de dignité offensée, à en juger par sa contenance fière en ma présence, et si ses vêtemens n'étaient pas aussi misérables, on pourrait penser que c'est un personnage important.

L'étranger se contenta, pour toute réponse, de jeter un regard de pitié et de mépris sur le puissant chef de la caverne. Mais celui-ci fut interrompu dans ses questions sur un homme qui paraissait peu disposé à le traiter avec respect, par la voix aigre et désagréable de Marien Rufa, qui faisait pleuvoir des coups sur la tête de son époux Aboukar. Autant qu'on en pouvait juger dans cette confusion, le sujet de la querelle étaient quelques provisions dont le prévoyant Aboukar, en sa qualité d'ex-maître-d'hôtel, prétendait devoir faire la distribution : d'après cela, *secundùm artem*, il avait commencé l'exercice de ses fonctions en cachant pour lui une partie desdites provisions, avant d'en servir à Cañeri et d'en donner à sa suite affamée. Marien Rufa s'était aperçue du vol, mais on ne peut

expliquer ce qui avait pu porter cette
femme à une conduite aussi dénuée de
toute tendresse conjugale, que celle de
dénoncer son mari. Une âme élevée et
indulgente pourra croire que c'était un
noble attachement à la pureté de caractère de son mari; mais d'autres,
aux vues moins nobles, soupçonne-
ront avec raison peut-être, que cette
méchante femme était poussée par un
motif beaucoup moins honorable. Il
était du moins un fait certain, c'est que
Marien Rufa et son Aboukar se détes-
taient aussi sincèrement qu'ils s'étaient
autrefois aimés : ce phénomène curieux
n'est pas assez rare dans le mariage
pour nécessiter quelques recherches
particulières sur sa nature et son ori-
gine.

Connaissant assez le caractère des
parties belligérantes pour craindre que
la querelle ne devînt des plus vives,
Cañeri, aussitôt qu'il aperçut le trou-

ble, se leva, montrant par là son
excessif mécontentement, et s'écria avec
force :

— Silence! Que signifie ce bruit?
Esclaves, est-ce donc ainsi que vous
respectez votre chef? Expliquez-vous;
quelle est la cause de cette conduite inconvenante?

Aussitôt que Cañeri eut prononcé
les mots: expliquez-vous; Marien Rufa,
confiante dans son talent oratoire, commença d'une voix criarde :

— Que votre Grandeur daigne m'é-
couter; la cause de...

— Tais-toi, tais-toi! s'écria Cañeri;
je ne te demande pas d'explications;
alors il se retourna pour interroger Malique, qui raconta en peu de mots la
conduite de Marien Rufa et l'accusation
qui pesait sur Aboukar. Alors, après
avoir réfléchi quelque temps et s'être
frappé le front comme pour en tirer

quelque idée lumineuse, Cañeri s'é-
cria :

— Malique, apportez ici le sujet de
la contestation.

On plaça aussitôt les provisions devant le chef, et après avoir fait sa part,
le sage prononça le jugement suivant :

— Tenez, Malique, distribuez le
reste des provisions, mais ne donnez
rien au coupable et à son accusa-
trice.

Cette justice rétributive fut hautement approuvée par toute la bande
dont les regards annonçaient la haute
estime qu'elle avait toujours pour la sa-
gesse du chef, et que leur faim dévorante
leur faisait encore plus admirer. Le
nouveau venu et le Renégat avaient été
témoins silencieux de toute cette scène,
mais ils ne pouvaient cacher leur mépris pour l'état d'abjection de leurs

compagnons et pour la vaine importance avec laquelle agissait Cañeri.

Ayant rétabli la paix par sa sage intervention, Cañeri dit à Alagraf : — Maintenant, apprends-moi quelles nouvelles tu apportes de Grenade. Tes espérances se sont-elles réalisées? mes vœux seront-ils satisfaits? as-tu fait quelques nouvelles démarches à l'égard de Theodora ?

—- Je n'ai pas perdu mon temps, répondit le Renégat avec humeur.

— Je crains bien cependant, reprit Cañeri, que nos espérances mutuelles ne soient renversées.

— Non, Cañeri, répondit Bermudo, mais ce n'est pas le moment de parler de cela ; nous devons nous occuper d'abord d'une affaire bien plus importante.

— Par le Saint Prophète ! s'écria Cañeri offensé, j'aurais cru qu'une affaire à laquelle je m'intéresse méritait

qu'on s'en occupât d'abord. Allons,
ajouta-t-il avec impatience, parle-moi
de ce qui m'occupe sans cesse.

— Maure, reprit le Renégat irrité,
tu oublies donc que je ne suis pas ton
esclave? non, je le jure par mon épée,
je ne m'expliquerai que lorsque je le
jugerai à propos.

Un tel acte d'insubordination rendit
Cañeri muet de colère; il regarda ses
gens comme pour leur demander de
punir l'insolence du Renégat; mais
quoique les Maures eussent été con-
sternés d'une telle hardiesse, pas un
n'osa se remuer, tant ils étaient intimidés par l'air calme avec lequel le Renégat promenait ses yeux sur eux.

— Alagraf, dit Cañeri dissimulant
son indignation, doit-on mépriser ou-
vertement mes ordres devant mon
peuple?

— Cañeri, répondit le Renégat avec

3.   7

fermeté, vous me poussez à bout et de-
vriez me connaître mieux.

Le mécontentement s'emparant de
la troupe, elle était au moment de
tomber sur le Renégat, lorsque tout-
à-coup ce mouvement fut réprimé par
le Maure étranger, qui, s'avançant
vers elle, d'un air menaçant, s'écria :

— Arrêtez, vils esclaves!

— Et qui es-tu, demanda Cañeri
tremblant de rage, pour oser commander en ma présence?

— Cañeri, répondit l'étranger fièrement, je te suis supérieur en tout, excepté en vices.

—Saisissez ce misérable! s'écria Cañeri.

— N'avancez pas ! s'écria Malique,
n'approchez pas cet étranger. Puis s'a-
dressant au chef irrité — : Très-puissant
Cañeri, ce Maure a été confié à nos
soins par notre riche frère Mohabed
Alhamdem de Grenade, qui nous a
ordonné de l'amener ici; il a d'impor-

tantes communications à te faire, et s'il faut en croire Mohabed, c'est de cet étranger seul que les Maures peuvent espérer leur indépendance.

— Quel est donc cet homme puissant? demanda Cañeri avec mépris.

— C'est ce qu'il vous dira lui-même, répondit le Renégat. Cañeri, pourquoi ai-je été insulté lorsque je ne parlais que dans l'intérêt de la cause des Maures à laquelle vous savez que je suis tout dévoué? Mais oublions cela; je ne suis pas un enfant, et ne veux pas me quereller avec mes compagnons sur un mot échappé involontairement. Puis tendant la main en signe de réconciliation, il ajouta : — Si je ne suis pas trompé par des apparences ressemblant beaucoup à la certitude, Theodora sera bientôt à vous.

— Est-il vrai? s'écria Cañeri; et quand ?

— Cette nuit ou jamais, répondit Bermudo.

— Je vous raconterai bientôt toutes les particularités de mon traité; mais il faut en ce moment examiner sur quelles ressources nous pouvons compter pour ranimer l'insurrection.

— Des ressources! répéta Cañeri; il n'en est plus. Le petit nombre d'hommes qui existent encore est dispersé et accablé par tous les maux imaginables; presque tous nos chefs sont morts ou passés en Afrique, et le seul homme qui eût le pouvoir de rallier nos soldats, de rendre du courage à ses compagnons, El Feri de Benastepar n'est plus: renversé par Aguilar, il est du nombre des braves qui ont mêlé leur sang aux cendres de Alhacen.

— El Feri de Benastepar n'est pas mort, reprit le Renégat.

Ces mots frappèrent d'étonnement Cañeri et sa troupe; rendus tout-à-

coup au courage, il s'écrièrent tous
avec joie :

— Où est donc notre chef ?

— Le voilà! dit Bermudo en leur
montrant l'étranger.

— Oui, dit celui-ci, rejetant son déguisement ; oui, Cañeri, reconnaissez
El Feri sous cet humble costume que
la nécessité m'avait forcé de prendre ;
j'ai été frappé par Alonzo de Aguilar,
mais j'ai échappé miraculeusement à la
mort, pour rendre au nom Maure toute
sa gloire éclipsée ; je combattrai de
nouveau cet orgueilleux chef Chrétien,
et avec le secours du Saint Prophète,
je lui ferai mordre la poussière.

Un murmure d'approbation se fit
entendre dans l'assemblée; Cañeri lui-
même, quoique jaloux de la supériorité
de puissance et de gloire de El Feri,
éprouva une véritable satisfaction à le
féliciter sur son retour si inespéré : Cañeri se voyait déjà rentré en possession

de ce rang élevé dont il avait été renversé par la dernière défaite des Maures ; il se flattait que la cause Musul-
mane triompherait enfin, et que nécessairement il obtiendrait une portion de
pouvoir auquel il prouvait que sa haute
naissance lui donnait droit de pré-
tendre.

Ainsi quelques instans avaient suffi
pour que ces Maures, que nous avons
vus plongés dans la plus profonde consternation, passassent à un excès con-
traire. Leur imagination leur retraçait
les talens étonnans de El Feri, l'influence magique de son nom pour rappeler leurs compatriotes aux combats :
la soif de la vengeance les aveuglait sur
les obstacles infinis qui accompagnaient
une telle entreprise.

Cette émotion générale causa plus
de mécontentement que de joie au Renégat ; il sentait que l'on ne pouvait
que peu compter sur des hommes qui

passaient si aisément du désespoir le
plus grand à une confiance excessive ;
car un homme doué comme lui des
passions les plus fortes, et habitué à en
surveiller les progrès, devait nécessairement trouver qu'une transition aussi
subite trahissait une faiblesse absolument incompatible avec toute entreprise hardie.

—Dis-nous, reprit Cañeri s'adressant
à El Feri, comment ta précieuse vie a-
t-elle été sauvée ?

— Lorsque je fus renversé par Aguilar, ma chute fut occasionée par les
fatigues excessives que j'avais endurées depuis plusieurs jours, plutôt que
par les blessures que j'avais reçues, car
elles n'étaient pas mortelles. Je restai
sans secours étendu sur la terre, pensant à ma patrie, et gémissant de ce
que ma vie qui aurait pu la servir encore long-temps, allait bientôt, hélas!
être terminée sur un bûcher. La ville

fut abandonnée, — et bientôt je n'en-
tendis plus que le pétillement des flam-
mes et les gémissemens de ceux qui
expiraient autour de moi. Nos ennemis s'étant éloignés, je rassemblai le
peu de forces qui me restait, pour me
tirer de ce lieu de douleur. J'y parvins
enfin avec peine et je tombai épuisé au
pied d'un arbre; privé de tout secours,
je n'aurais pas tardé à y rendre le dernier soupir, lorsque j'aperçus avec
joie deux ou trois de nos partisans
échappés au désastre et s'avançant vers
moi : cette vue me rendit l'espérance
qui m'avait abandonné. Mes libérateurs
me conduisirent dans un lieu sûr et m'y
prodiguèrent tous les secours qui étaient
en leur pouvoir. Je me rendis déguisé
à Grenade, aussitôt que mes forces me
le permirent, et là nous nous fîmes
connaître à Mohabed Alhamdem ; c'est
chez lui qu'ont été concertés les plans
d'une nouvelle attaque, et je viens vous

demander de nous aider dans cette entreprise.

— Noble et cher compagnon, répondit Cañeri, après la joie que me cause votre retour, rien ne pouvait me faire plus de plaisir que votre proposition. Je suis heureux que, malgré nos petits différens, vous ayez pensé à moi dans ce moment important : disposez librement de moi et de tous les miens.

En prononçant ces mots avec cette dignité affectée qui lui était ordinaire, il jeta un regard sur ses serviteurs intimidés, et tous inclinèrent la tête en signe d'obéissance.

— Est-ce là tous ceux que tu peux commander? demanda El Feri.

— Non, ce n'est pas tout; je puis en un instant rassembler un nombre considérable d'hommes qui, par prudence, et pour mieux éviter toute observation, sont divisés en petites troupes. Ils sont cachés dans des caves voisines,

et seront prêts à m'obéir au premier
avis que je leur en donnerai. Mais quels
sont tes projets, mon noble ami? veux-
tu surprendre quelque fort? ou médi-
tes-tu une seconde expédition sur la
Sierra Nevada?

— Ni l'un ni l'autre; j'ai complètement changé mes plans; je veux maintenant frapper loin de Grenade : mais
bientôt je t'en dirai plus long. Es-tu
bien décidé à me seconder?

— Oui, répondit Cañeri en s'incli-
nant; au nom du Saint Prophète, je
jure de t'obéir.

— C'est bien, dit El Feri, satisfait;
je pars cette nuit pour la *Sierra Bermeja,* accompagné seulement par Mohabed et un domestique : ce riche
Maure a embrassé notre cause avec enthousiasme ; et plusieurs de ses amis,
ne voulant pas risquer leur vie pour
nous servir, nous aident généreuse-
ment avec leur or. Pour toi, Cañeri,

ne perds pas de temps ici ; marche en
toute hâte vers Alhaurin ; tu t'empa-
reras aisément de cette ville négligée
par les Chrétiens, et elle servira de
point de ralliement à tous ceux qui vou-
dront venir se ranger sous notre étendard. Je suis certain que les habitans
de la *Sierra Bermeja* sont prêts à se
joindre à moi ; — et tandis que les fiers
Espagnols se réjouissent en toute sécurité de leur triomphe et de la mort
supposée de El Feri, il rompra tout-à-
coup le charme, et forcera ses ennemis
à sentir les effets de sa colère et de sa
vengeance. Maintenant, Cañeri, souve-
nez-vous que nous ne devons employer
pour correspondre ensemble que les
seuls Alagraf et Malique : à présent,
rendez-vous à votre poste, et attendez-
y de nouveaux ordres de moi. Adieu !
et puisse la victoire, lorsque nous nous
reverrons, avoir récompensé nos efforts !

Il dit : et après avoir affectueusement
pris congé l'un de l'autre, El Feri retourna aussitôt à Grenade ; et Cañeri
ne pouvant contenir sa joie, parcourut
la caverne comme s'il était déjà rentré
en possession de son palais à Alhacen.

— Allons, mes braves serviteurs,
s'écria-t-il tout-à-coup ! soyez prêts à
partir au premier moment.

Un tel avertissement était bien inutile ; car ses gens, n'ayant à se charger
de nuls autres bagages que les misérables vêtemens qui les couvraient, n'a-
vaient qu'à se lever et marcher.

—Alagraf, s'écria Cañeri, au milieu
de sa joie, comment pourras-tu exé-
cuter ta promesse à l'égard de la
belle Chrétienne, si nous partons tout
de suite ?

— Ne craignez rien, reprit le Réné-
gat, je vous ai dit que Theodora serait
à vous cette nuit ou jamais.

— Ou jamais ! répéta Cañeri avec

une horrible expression de physionomie, ou jamais! — Mais nous avons
encore quelque temps à rester ici, et
une telle perfection vaut bien la peine
d'être attendue.

— Le moment approche, reprit le
Renégat; dans moins d'une heure minuit sonnera. — J'ai lieu d'espérer que
bientôt Theodora sera en votre puissance, et qu'alors je pourrai accomplir
mon projet de vengeance.

CHAPITRE VIII.

Si! m'ingannai : scerner dovea, che in petto di
un traditor mai solo un tradimento non entra.

ALFIERI.

Le cruel, hélas! il me quitte;
Il me laisse sans nul appui.

BERQUIN.

—Don Lope, au nom du Ciel,
disait Roque, je vous conjure encore
une fois de réfléchir de nouveau avant
que de mettre vos projets à exécution : mon cœur en est bien tourmenté.

—Ton cœur est un impertinent con-
seiller. Niais! dis-moi si je puis prendre un autre parti? — Veux-tu donc

que la crainte de quelques suites me
fasse abandonner un prix si glorieux
au moment où je vais l'atteindre?
Lorsque les choses sont si avancées,
puis-je renoncer à une alliance aussi
honorable que celle de Leonor? Non,
par le Ciel, je ne le puis ni ne le veux.
La prudence, les convenances et l'honneur me le défendent!

— Mais, sauf votre déplaisir, reprit
Roque, il me semble que ce même honneur, auquel vous paraissez si attaché,
ne peut pas vous forcer à livrer une
malheureuse fille aux Maures infidèles :
et quoique je convienne que votre position actuelle soit des plus embarras-
santes, il me semble que l'on pourrait
trouver moyen de se conduire envers
Theodora d'une manière moins barbare.

— Non, Roque, c'est impossible;
nous n'avons plus le temps de réfléchir;
il faut agir, et agir à la hâte, car les mo-

mens sont précieux. — Pars, dépêche-
toi de porter cette lettre à Theodora et
de l'amener au lieu que je t'ai déjà in-
diqué. La nuit avance ; va vite et exé-
cute fidèlement mes ordres. Ce parti
est inévitable ; et quoiqu'il ait éveillé
dans ton cœur un sot mouvement de
crainte ou de pitié, je ne sais lequel
des deux, toi-même tu seras bientôt
réconcilié avec lui en sentant sa nécessité.

Roque ne hasarda plus d'observations ; il soupira, leva les yeux au
Ciel et partit pour s'acquitter de sa
commission, tandis que son maître se
rendait à l'endroit isolé, choisi pour le
rendez-vous. D'un caractère naturellement indécis, également incapable de
faire le bien ou le mal, Roque se dirigea vers le jardin de Don Alonzo, dé-
libérant avec lui-même sur le parti
qu'il devait suivre. Lorsqu'il pensait à
l'horrible étendue du malheur de

Theodora, la pitié et le remords faisaient
frémir son cœur. Quoique ses sentimens ne fussent nullement nobles , il y
avait dans la conduite de son maître
quelque chose de si cruel , de si inhu-
main , que le valet était révolté par l'i-
dée de contribuer à trahir une victime
aussi intéressante et aussi confiante :
une ou deux fois il se décida à découvrir le complot à Theodora, mais il
manquait de force pour suivre les sug-
gestions généreuses de son bon naturel.
Enfin par-dessus tout, la frayeur que
lui inspirait son maître, et la crainte
des résultats que son aveu pourrait
avoir sur l'esprit de sa victime, contri-
buèrent puissamment à faire taire sa
conscience. Ensuite il se flattait qu'une
fois le mariage fait, on pourrait trouver
moyen de calmer et de consoler Theodora : enfin il se persuadait , ou plutôt
cherchait à persuader à son esprit rebelle, que la vue de cette malheureuse

3.   7.

fille attendrirait Gomez Arias, et qu'a-
lors il prendrait une résolution moins
coupable.

Il combattait encore avec lui-même,
lorsqu'il arriva au palais, entra par la
porte secrète du jardin, et s'approcha
des fenêtres de l'appartement de Theodora qui, ayant passé tout le jour dans
l'attente, se trouva bientôt près de
Roque.

— Où est-il? lui demanda-t-elle avec
empressement.

— La prudence, répondit Roque, le
force, bien malgré lui, à se tenir à l'é-
cart; mais voici une lettre qui vous
instruira de ses motifs, et de ce que
vous devez faire.

Theodora lut cette lettre avec trouble, et ensuite elle la baisa avec toute
la ferveur de l'amour le plus ardent.

— Hâtons-nous, dit-elle; et sans attendre que Roque lui montrât le chemin, elle traversa le jardin avec la ra-

pidité de l'éclair. Roque souffrait de la
voir courir à sa perte avec cette vivacité toute confiante qu'il comparait à
la fourberie et l'insensibilité de Gomez
Arias attendant tranquillement sa victime. Roque continuait de la guider et
ne pouvait retenir quelques larmes en
l'entendant s'occuper du bonheur d'être
bientôt réunie à son amant, et de l'espoir d'obtenir le pardon de son père
bien-aimé.

Enfin ils arrivèrent au rendez-vous.
La nuit était d'un calme et d'une pureté
sublimes. Theodora regardait autour
d'elle avec anxiété, pour entrevoir le
plus tôt possible l'objet de toutes ses affections : enfin elle aperçoit au loin un
homme enveloppé dans un manteau et
ayant près de lui trois chevaux. Elle
examine avec attention; son cœur pal-
pite; jusqu'ici elle avait couru, maintenant elle vole, et au bout d'un instant elle se jette dans les bras de son

amant, avec tout l'abandon d'un cœur passionné.

Il serait difficile de définir les sentimens que cette douce caresse fit éprouver à Gomez Arias. Agité par mille passions, il manquait de forces pour jouer le rôle qu'il s'était prescrit dans ce moment critique, et malgré l'aveuglement de l'amour, Theodora aperçut tout de suite sa froideur et son embarras.

— Qu'avez-vous, Lope? lui dit-elle avec douceur; n'êtes-vous pas heureux?

— Heureux! oui, Theodora, je suis heureux; mais ne soyez pas étonnée de mon trouble : car, hélas! il est inévitable, dans la position difficile où je me trouve : le parti que je vais prendre...

— Oh! s'écria Theodora, je sens toute la grandeur du sacrifice que vous faites : je sais quel avenir glorieux vous perdez en renonçant à la main de Leonor; et je comprends fort bien les

suites pénibles que peut avoir la résolution que vous venez de prendre. Mais,
ô Lope, l'amour constant, le dévoue-
ment absolu de votre pauvre Theodora
ne vous paieront-ils pas un peu du sacrifice que l'honneur vous obligeait de
faire ?

Elle le regarda tendrement ; des larmes s'échappaient de ses yeux, mais
elle n'aperçut aucune émotion dans son
amant. Il l'aida froidement à monter à
cheval, ordonna à Roque de les suivre,
et ils marchèrent pendant quelque
temps en silence. L'extrême bonté de
cœur de Theodora la portait à se faire
illusion, et elle n'hésitait pas à attribuer
l'étrange conduite de son amant à la
position difficile où il se trouvait. Elle
ne pouvait être affligée lorsqu'elle pensait que c'était pour elle que Gomez
Arias était ainsi tourmenté ; elle venait
de reconquérir l'objet de tous ses vœux,
et n'était ni assez égoïste, ni assez in-

sensible pour lui reprocher une conduite qu'elle espérait voir bientôt changer. Mais la raison n'est pas toujours
d'accord avec la passion. Son esprit lui
ordonnait d'être contente, mais son
cœur, malgré toute sa bonne volonté,
n'était pas complètement en repos. Elle
faisait tous ses efforts pour dissimuler
son émotion, mais elle n'y réussissait
pas toujours, et les profonds soupirs
qui s'échappaient de son sein attirèrent
l'attention de Gomez Arias. Alors il
s'efforça de rassurer par quelques caresses cette victime qu'il allait bientôt
immoler. Mais si l'homme, en usant
d'art, parvient à imiter les différentes
passions qui agitent le cœur humain, il
ne réussit que rarement lorsqu'il veut
feindre les sentimens les plus tendres
de l'âme; et lorsqu'une vive passion
est éteinte les paroles adressées à l'objet de cette passion doivent nécessairement être froides. L'art ne peut avoir

assez de puissance, ni l'imagination
assez de force pour prêter à un cœur
qui n'aime plus le charme de l'amour.

Ils approchaient d'*el Cerro de los
Martires*, et les sanglots de Theodora
redoublant, Gomez Arias comprit tout
ce qu'aurait de pénible le moment où
il la quitterait.

— Pourquoi pleurez-vous, Theodora? lui demanda-t-il avec douceur.

— Hélas! je ne le sais, répondit-elle.
Mais mon cœur est oppressé, comme
s'il était menacé de quelque malheur.
Où allons-nous donc? — Certes ce chemin ne conduit pas chez mon père :
Lope! Lope! où me conduisez-vous ?
s'écria-t-elle d'une voix déchirante.

Malgré toute la dureté de son cœur,
Gomez Arias fut ému par cette question; et Roque tout attendri, s'écria
avec ferveur, —Mon Dieu! protégez-la.

Theodora entendit cette exclamation : car aucun mauvais présage ne

peut échapper à la pénétration, à la crainte d'un affligé.

— Merci! mon bon Roque, lui dit-elle tristement. Mais pourquoi implorer la protection du Ciel? Mon cher Lope, courons-nous quelque danger?

Gomez Arias ne répondit pas ; car le remords commençait à s'emparer de lui lorsqu'il pensait à la barbarie avec laquelle il trompait une femme qui semblait ne pouvoir vivre sans son amour. Ils venaient de traverser *el Cerro de los Martires*, et gravissaient une petite éminence, lorsqu'ils virent trois ou quatre personnes sortir tout-à-coup du lieu où elles étaient cachées, comme pour arrêter leur marche. La clarté de la lune était si vive que tout pouvait facilement être distingué; aussi Theodora fut-elle glacée d'effroi en voyant ces gens s'avancer vers eux, semblant vouloir leur barrer le passage.

— Ce sont des Maures! s'écria t-elle.

Oh! mon Dieu! que peuvent-ils faire dans ce lieu désert, à la fin de la nuit? Ce sont probablement quelques uns de ces malheureux que la dernière rébellion a privés de toutes ressources. Hélas! ils vont se venger sur nous des maux horribles qu'ils ont soufferts. Si nous ne pouvons éviter la mort, ce sera du moins une consolation pour moi, mon cher Lope, de mourir avec toi.

Elle regarda son amant avec tendresse et ne découvrit aucune émotion dans ses traits. Ce n'était pas la frayeur qui occupait Gomez Arias, et son impassibilité frappa Theodora d'un pénible pressentiment : elle connaissait assez la bravoure de son amant pour savoir que l'approche de la mort ne pouvait lui inspirer aucune crainte pour lui-même, mais le danger qu'elle courait ne devait-il pas le faire trembler? Theodora resta dans cette hor-

3.   8

rible perplexité jusqu'à ce qu'ils fussent
abordés par ces gens qui lui causaient
un tel effroi. L'un d'eux se sépara des
autres et s'avança pour parler à Gomez
Arias, qui avait arrêté son cheval pour
l'attendre. Quelle fut l'horreur de
Theodora lorsqu'elle reconnut les traits
abhorrés du Renégat dans la personne
qui s'approchait ! Elle poussa un faible
cri et serait infailliblement tombée si
Gomez Arias ne l'eût soutenue.

— Ainsi donc, Don Lope, dit le Renégat, vous avez tenu votre promesse :
je n'en pouvais attendre moins du noble
Gomez Arias.

— Où sont tes compagnons ? demanda Don Lope.

—Voilà, reprit Bermudo en montrant
Cañeri, voilà l'illustre Maure dont je
vous ai parlé : — ainsi, plus tôt nos arrangemens seront faits, mieux cela
vaudra.

La dureté avec laquelle ces derniers

mots furent prononcés, et l'intelligence qui semblait exister entre Gomez
Arias et le Renégat, persuadèrent à
Theodora que l'on tramait quelque infâme complot. Bientôt elle fut confir-
mée dans ses craintes ; car Gomez
Arias se tournant vers elle, lui dit
d'un ton de compassion :

— Theodora, je n'essaierai pas de
me disculper sur la conduite que la nécessité me force à suivre ; mais la position dans laquelle je me trouve ne
permet aucune alternative. Il faut
nous séparer pour toujours, et je ne
puis prolonger d'un moment une scène
qui doit vous être si pénible. Je me
console cependant, en pensant que je
vous confie aux soins de gens qui se
sont engagés à vous traiter avec le plus
grand respect.

En achevant ces mots, il se jeta à bas
de son cheval, et n'eut pas de peine à
poser à terre le corps faible de Theo-

dora. Elle ne pouvait parler ; l'épou-
vante l'avait anéantie et avait glacé
tout principe de volonté ou d'action. Ses
yeux étaient hagards, et elle semblait
comme quelqu'un agité par un rêve
pénible et qui s'efforce de chasser une
pénible illusion. Mais lorsque Cañeri
s'avança, lorsqu'elle vit cette figure dé-
testée animée par le sourire de la joie,
elle sembla recouvrer en un instant
toute la force de ses souvenirs.

— C'est lui! s'écria-t-elle avec égarement ; c'est lui! quelle horreur!

Puis s'élançant vers son amant...

— Oh! Lope, sauvez-moi de ses
mains!

—Non, Madame, répondit le Maure,
il faut que vous veniez avec moi.

—Oh ciel! s'écria-t-elle; non, non,
il ne peut pas, il ne veut pas m'abandonner ainsi! Oh Lope! mon cher Lope!
mon bien-aimé! Détrompe ce Maure
féroce.

Son accent, en s'adressant à son amant, était celui du désespoir ; il repoussa Theodora pour partir ; le combat était pénible ; Gomez Arias était déchiré par le remords. La malheureuse fille s'attacha à lui ; enfin, après un violent effort, il se dégagea de ses bras.

Alors d'une voix émue il dit :

— Maure, emmène-la ; mais du moins conduis-toi mieux envers elle que je ne l'ai fait moi-même. Tiens, prends ceci : aie soin qu'elle soit traitée avec tous les égards auxquels sa beauté et ses malheurs ont droit. Sois fidèle à ta parole, ou redoute une terrible vengeance.

En parlant ainsi, Gomez Arias jeta une bourse pleine d'or que Malique s'empressa de ramasser, et Cañeri lui répondit :

— Chrétien, je ne crains pas ta vengeance et je méprise tes dons ; la parole d'un Maure est sacrée ; j'aime cette

jeune fille; ces deux choses doivent
t'inspirer la plus grande sécurité.

En ce moment, il s'avança pour prendre la main de Theodora; mais elle se
dégagea avec des marques d'effroi, capables d'ébranler les cœurs les plus
durs.

— Oh! non, non jamais! s'écria-
t-elle; Gomez Arias, votre conduite peut
être cruelle, mais non infâme. — Oh!
ne m'abandonnez pas aux mains du plus
grand ennemi de notre patrie, le féroce,
le traître Cañeri.

— Quoi! s'écria Gomez Arias, surpris, est-ce là Cañeri, le chef des rebelles?

—Lui-même, répondit le Renégat;
sera-ce un obstacle à la conclusion de
notre traité?

— Gomez Arias ne répondit pas; il
hésita pendant quelques minutes; il
était agité par une inquiétude secrète
qu'il ne pouvait trop s'expliquer; le

nom de Cañeri avait fait naître une
nouvelle sensation pénible; il venait de
se rappeler qu'en ayant des relations
avec les rebelles, il allait violer les édits
rendus par la Reine; mais ensuite il
pensa que si jamais ce traité venait à
être connu, ce qui ne lui semblait nullement probable, le haut rang qu'il
allait bientôt occuper le protégerait
suffisamment contre tout danger.

Cependant le pauvre Roque qui
apercevait l'hésitation de son maître,
osa s'approcher de lui en ce moment,
et lui dit d'une voix agitée par la crainte:

— Oh! mon cher maître, tirons-nous
de ce mauvais pas, s'il en est encore
temps; n'achevez pas ce pacte infer-
nal; car, n'en doutez pas, s'il y a un
Dieu tout-puissant dans le Ciel ou quelque justice ici-bas, il sera la cause de
votre ruine.

Mais il était trop tard; et le cœur qui
n'avait pas assez de force pour obéir à

la voix de la conscience, ne pouvait
céder aux observations d'un inférieur.
Gomez Arias était trop avancé pour
reculer; il sentait toute la noirceur de
son action; mais il avait pleine confiance qu'elle serait toujours ignorée.

Alors, sans plus tarder, il fit au Renégat un signe d'assentiment, et se retourna vers Grenade.

L'égarement s'empara de Theodora;
elle fit un effort désespéré, et vola vers
son amant; un cri perçant s'échappa
de son sein; elle retint Gomez Arias
avec toute la force que donne le désespoir, et cacha sa figure dans le sein
du perfide. Elle ne proférait pas un
mot; son cœur ne battait plus, la vie
semblait l'avoir abandonnée. Gomez
Arias essaya de se dérober doucement
à ses caresses; mais, devinant son intention, elle s'écria avec l'accent le plus
déchirant :

— Cruel! qu'ai-je fait pour mériter
une telle conduite!

Roque pleurait comme un enfant,
Gomez Arias lui-même était ébranlé;
mais alors le Renégat, redoutant l'effet
d'une telle scène, s'avança pour réclamer sa victime.

— Oh! mon bon maître! s'écria
Roque, votre cœur n'est-il pas profondément ému par cet affreux désespoir? — Vous l'avez tendrement aimée,
et le souvenir de ce qu'elle a été pour
vous doit vous suffire pour la sauver.

Ces reproches irritèrent Gomez Arias
et lui firent prendre un parti définitif.
Indigné de la liberté de son valet, il
lança sur lui un regard mécontent.

Mais Roque, jusqu'alors si faible,
ayant tout-à-coup acquis de la force et
du courage, reprit avec fermeté :

— Quelle honte pour l'homme qui
ose se dire noble, et qui agit ainsi à
l'égard d'une femme qui ne peut se dé-

fendre! Cette conduite est affreuse; et
n'en doutez pas, Don Lope, un jour
viendra enfin où vous l'expierez d'une
manière bien terrible.

Tout sentiment de pitié s'éteignit alors
chez Gomez Arias; l'œil étincelant de
rage, il s'écria :

— Eh quoi! un misérable valet ose
me menacer! Maure, ajouta-t-il en se
retournant vers le Renégat, chargez-
vous aussi de cet homme; ayez soin
qu'il ne revienne pas à Grenade, et je
vous en récompenserai largement.

Le Renégat donna son consentement
et fit signe à ses compagnons de s'assurer du valet.

— Et quel droit avez-vous sur moi
pour me vendre ainsi ? s'écria Roque
avec indignation. Je suis né libre et
Chrétien.

— Roque, reprit Gomez Arias avec
plus de calme, je vous ai souvent dit
qu'à la fin votre indiscrétion me lasse-

rait et me pousserait à bout. Ton offense méritait une punition plus forte, mais je te l'épargne par égard pour tes premiers services. Maures, ajouta-t-il, partez avec lui, emmenez-le dans le pays lointain où vous vous rendez ; car sa présence ici pourrait être dangereuse pour moi.

— Oui, répondit Bermudo d'une voix expressive, nous nous chargeons de lui; car, comme vous le dites, Don Lope, sa présence pourrait vraiment être dangereuse pour vous.

Ces mots, quoique fort simples en eux-mêmes, furent prononcés avec un accent mystérieux qui sembla un présage à Gomez Arias. Il crut voir un nuage obscurcissant l'avenir ambitieux qui avait séduit son esprit et perverti son cœur ; la voix qui s'était fait entendre résonna à son oreille comme un avertissement terrible dont il avait quelque souvenir extraordinaire.

Enfin, voulant fuir cette scène pénible, il fit un mouvement brusque qui
força Theodora à lâcher prise; la malheureuse tomba sur la terre, poussa
quelques gémissemens, et maudit le
coupable. Puis, ranimée comme par
un accès de folie, elle saisit le poignard
qui brillait à la ceinture de Cañeri,
résolue de mettre un terme à sa pénible
existence; mais elle fut devinée par le
Renégat, qui retint son bras au moment où elle allait frapper le coup fatal.

Cañeri voulut prendre la main de
Theodora; elle le repoussa avec horreur, et fit encore un effort pour suivre
son amant, qui, remonté à cheval,
reprenait en toute hâte le chemin de
Grenade.

— Arrêtez, s'écriait-elle d'une voix
mourante; oh! Lope, arrêtez! n'achevez pas cette œuvre d'iniquité. — Par
pitié, tuez-moi! ce n'est pas un crime
de plus qui vous rendra moins agréable

à celle que vous aimez. — Oh! Lope,
au nom du ciel, revenez! ne me quittez
pas ainsi! non pour moi, mais pour
l'amour de Leonor. Oh! Lope, ne me
laissez pas ainsi!

L'air apportait à Gomez Arias les
sons entrecoupés de la prière qui lui
était faite, et il enfonça ses éperons
dans les flancs de son coursier, pour
échapper à la sensation pénible que
ces accens produisaient sur lui. Bientôt les cris plaintifs cessèrent, et Theodora épuisée tomba sans connaissance.
Les Maures l'emportèrent aisément, et
le pauvre Roque, en la suivant, semblait réconcilié avec son propre sort,
en voyant une créature si malheureuse.

CHAPITRE IX.

Nul ne sut mieux que lui le grand art de séduire ;
Nul sur ses passions n'eut jamais plus d'empire,
Et ne sut mieux cacher sous des dehors trompeurs
Des plus vastes desseins les sombres profondeurs.
VOLTAIRE.

Long-temps après s'être éloigné de
Theodora, Gomez Arias croyait entendre encore le bruit sinistre de ses plaintes attendrissantes ; mais lorsqu'il fut
près de Grenade, lorsqu'il revit ses superbes édifices, l'ambition s'empara de
lui de nouveau, et, désirant chasser
les idées sombres qui le poursuivaient,
il accueillit avec empressement les ta-
bleaux éblouissans qui se présentaient

à son imagination. La vue des tours majestueuses de l'Alhambra fit renaître dans son esprit ardent les pensées les plus flatteuses; car, fier de la faveur dont il jouissait près de son auguste souveraine, et sentant tout le prix de la noble alliance qu'il allait contracter, il comptait avec raison sur l'avenir le plus brillant et le plus honorable. Le remords qui lui rappelait que la cruauté et l'ingratitude lui avaient frayé le chemin des grandeurs perdait à chaque instant de sa force, et la voix de la conscience, ce juge terrible du cœur humain, était étouffée par la haute récompense promise à la discrétion.

Don Lope se félicitait de l'adresse avec laquelle il s'était tiré de la position la plus difficile, et se réjouissait d'avoir fait emmener Roque par les Maures. C'était se débarrasser heureusement d'un valet importun, d'un témoin redoutable, dont il aurait fallu doréna-

vant supporter l'insolence pour acheter
son silence. En outre, il était assez probable que le naturel bavard et les re-
parties impertinentes de Roque fini-
raient par lui attirer la mauvaise
humeur de quelque chef maure peu
endurant, qui, ne goûtant pas ses plaisanteries, pourrait l'en récompenser
par quelques coups de poignard. Quant
à Theodora, Don Lope n'avait nullement à redouter qu'elle parvînt à se
sauver, puisqu'elle était entre les mains
d'un homme qui semblait l'aimer vivement. Enfin, son mariage avec Leonor
une fois accompli, et tous ses projets
réalisés, si le sort, par quelque coup
imprévu, venait troubler son bonheur,
il aurait alors acquis assez de puissance pour faire oublier le passé et assurer la tranquillité de l'avenir.

C'est dans cette agréable espérance
que Gomez Arias arriva à Grenade, et
attendit impatiemment la naissance de

ce jour heureux qui devait mettre un terme à ses craintes et couronner ses vœux les plus chers. Dès le matin, il se rendit avec empressement au palais des Aguilars, sans rien changer à sa toilette, et affectant tout le désordre et la fatigue qui résultent d'un voyage fait à la hâte. Il trouva Don Alonzo chez Leonor, et tous deux le reçurent avec une froideur glaciale; mais tout en s'apercevant de cet accueil peu amical, Don Lope sentit la nécessité de conserver son calme, quel que fût le péril qui le menaçait. Affectant donc de ne rien voir d'extraordinaire, il s'adressa à Leonor avec gaieté et empressement.

— En osant me présenter devant vous, ma chère Léonor, dans une toilette si négligée, je puis paraître manquer de respect, mais j'ose espérer que vous me pardonnerez en faveur de mon impatience à vous offrir mes hommages.

3.   8.

— Oh ! Don Lope, répondit Leonor
en souriant ironiquement, je vous le
pardonne volontiers, car je suis devenue depuis peu si indulgente, qu'il me
semble que je pourrais pardonner des
offenses bien plus graves qu'un simple
manque de bienséance.

— Je n'ai jamais douté de votre
bonté, reprit Gomez Arias, mais il me
semble que vous paraissez mal à votre
aise ; seriez-vous indisposée? — Qu'a
donc aussi le noble Don Alonzo? — Serait-il arrivé quelque chose d'inquiétant
pendant mon absence ?

— Non, certainement, répondit
Leonor avec froideur, il n'est rien arrivé qui doive nous inquiéter. Mais
vraiment, Don Lope, ajouta-t-elle d'un
ton ironique, votre départ subit et les
nouvelles que vous aviez reçues de notre ami commun le Comte de Ureña,
étaient bien capables de nous tourmenter un peu : en outre quelques autres

petits évènemens sont survenus tout-à-
coup pour nous contrarier.

— Il ne faut pas vous tourmenter de
la santé de notre ami, reprit Don Lope,
car je suis assez heureux pour pouvoir
vous apprendre qu'il était beaucoup
mieux lorsque je l'ai quitté.

— Ainsi donc mes soupçons étaient
fondés! s'écria Aguilar d'un ton profondément mécontent, et en quittant
subitement l'appartement. Une conduite aussi étrange frappa vivement
Gomez Arias; mais bientôt, maître de
lui-même, il dit à Leonor d'une voix
irritée :

— Que signifie ceci? — Pourquoi
suis-je ainsi traité?

— Don Lope, la maladie de votre
ami a un peu troublé votre jugement :
nous n'avons nullement le droit d'interroger les actions de mon père, et surtout lorsque, comme je vous l'ai déjà

dit, quelques nouveaux évènemens ont
pu l'irriter.

— Mais, au nom du Ciel, quels sont
ces évènemens ?

— Eh quoi! ignorez-vous réellement
ce qui est arrivé depuis le moment où
vous avez été si instamment demandé
par votre ami?

— Je ne sais ce que vous voulez dire,
reprit Don Lope.

Leonor le regarda avec attention, et
faisant malgré elle un mouvement d'impatience, elle ajouta :

— Il est étonnant que le Comte ne
vous ait pas instruit.

— Mais de quoi? — Leonor, de grâce,
expliquez-vous.

— Ne pensez-vous pas, continua-t-
elle en affectant de plaisanter, que
c'est bien ridicule à un homme d'un
caractère aussi grave que le Comte, de
jouer ainsi la comédie? Croirez-vous
que peu d'instans après votre départ,

il est arrivé un messager annonçant de sa part son intention de vous surprendre en assistant à votre mariage?

— Certes , répondit Gomez Arias visiblement ému, la conduite du Comte est étrange, et je ne puis réellement comprendre quelle a été son intention; mais dans tous les cas, cela ne doit pas m'attirer le mécontentement de votre noble père.

— Don Lope, vous connaissez trop le monde pour pouvoir exiger que la mauvaise humeur d'un homme ne se porte que sur l'objet qui l'a causée. D'ailleurs, Don Alonzo a sujet d'être irrité : sa belle protégée, celle qui lui devait tant de reconnaissance, nous a quittés.

—Quelle belle protégée? demanda Don Lope feignant la surprise.

— Quoi! ne m'avez-vous pas entendu parler d'elle?

— Vraiment, si cela est, je ne me le
rappelle pas.

— Mais qu'est devenu Roque ? reprit
brusquement Leonor. Il ne vous a pas
suivi hier lorsque vous êtes parti, et
depuis on l'a cherché inutilement : est-
il donc malade ?

— Oui ; sa santé est si mauvaise, et
il m'a demandé tant de fois la permission de s'en aller à Tolède, où il a, je
crois, un frère ou une sœur, qu'à la fin
j'ai été obligé d'y consentir. Au fait, j'ai
cédé volontiers, car il était devenu depuis quelque temps si peu attentif et
si impertinent, que ses services m'é-
taient beaucoup plus désagréables
qu'utiles.

— Mais vous avez dû être bien étonné
qu'il ait désiré vous quitter précisément
la veille de votre mariage ; et votre surprise sera encore bien plus grande, lorsque vous saurez que ce même Roque

est parti avec notre protégée, Theodora
de Monteblanco.

— Impossible! s'écria Gomez Arias,
comme frappé d'étonnement.

— C'est Repollo, notre vieux jardinier, qui les a vus sortir du palais. Poussé
par la curiosité, il les a suivis de loin,
autant que le lui permettait la rapidité
de leur marche, et à la fin il les a vus
s'arrêter sur la promenade publique où
les attendait un autre homme avec des
chevaux. Mais le plus extraordinaire
de mon histoire, c'est que le jardinier
prétend que l'homme qui attendait si
patiemment les fugitifs, vous ressemblait tellement, Don Lope, qu'il jure-
rait que c'est bien certainement vous
qu'il a vu, s'il n'était sûr que vous étiez
parti le matin pour le château du comte
de Ureña.

Quelque grande que fût en général
la présence d'esprit de Gomez Arias, et
quoique bien préparé à soutenir toute

espèce d'attaque, il ne put s'empêcher
d'être troublé par ce dernier récit; et
l'œil fin et scrutateur de Leonor s'en
aperçut bien vite. Ce ne fut qu'après un
moment de silence qu'il s'écria :

— Le misérable ! C'était donc pour
cela qu'il désirait tant me quitter! Je
ne m'étonne plus maintenant de son insolence. Mais, après tout, la plus blâ-
mable dans tout ceci est votre belle protégée, puisqu'il vous plaît de nommer
ainsi la dame des pensées de ce mépri-
sable Chevalier. Qui est-ce qui peut
porter une femme d'une noble famille
à fuir avec un valet? a-t-elle donc perdu
toute honte?

— Apparemment, reprit Leonor; au
surplus, dans cette affaire inconceva-
ble, la honte a été tout-à-fait mise de
côté par tous les partis. En prononçant
ces mots, elle jeta un regard expressif
sur Gomez Arias, qui, fort embarrassé,
et sentant combien sa position devenait

de plus en plus difficile, se contenta
de convenir de la justesse de l'observation de Leonor ; et celle-ci, désirant
vivement savoir jusqu'à quel point Don
Lope était impliqué dans cette aventure, continua ainsi :

— Mais n'est-il pas fort étonnant que
le compagnon de Roque vous ressem-
blât à ce point ?

— Certainement, ma chère Leonor,
reprit Gomez Arias en affectant beaucoup de gaieté; c'est un malheur d'avoir
une aussi misérable copie de soi-même;
mais ne faut-il pas se soumettre de
bonne grâce à ce que l'on ne peut éviter? D'ailleurs j'ose penser que l'homme
qui a été vu par cet imbécile de jardinier ne ressemblait pas aussi complètement à votre fidèle admirateur que ce
vieux radoteur voudrait vous le faire
croire. Comment d'ailleurs a-t-il pu si
bien distinguer les choses, à la nuit et
de loin, comme il l'avoue? Il me sem-

5.   9

ble bien plus probable, d'après ses promenades à cette heure-là, qu'il avait
l'esprit troublé par le vin, et que sa
merveilleuse histoire n'est autre chose
qu'un rêve fait au fond d'un fossé.

— Mais, Monsieur, reprit Leonor,
nous n'avons aucune raison pour douter de la véracité d'un serviteur fidèle
et honnête; et d'ailleurs, quel intérêt
pourrait-il avoir à inventer un conte
affligeant pour son maître ?

— Je ne continuerai cette discussion,
répondit Gomez Arias, que pour vous
dire combien votre affection est précie-
cieuse à celui-qui a le malheur de res-
sembler à un manant, et combien j'espère que cet incident ne diminuera pas
la préférence dont vous avez daigné
honorer un homme qui ne vit que
pour vous.

Gomez Arias allait continuer ses protestations de la passion la plus inalté-

rable; mais il fut de nouveau interrompu par Leonor.

— Épargnez - vous, Don Lope, la
peine de parler plus long - temps, soit
pour me persuader de la sincérité de
votre amour, soit pour expliquer votre
conduite; car je devine fort bien ce que,
dans tous les cas, vous pourriez dire.

— Il doit en effet vous être aisé d'a-
percevoir l'émotion que je cherche à
peine à cacher; et vous devez nécessairement deviner ce que de tels sentimens
peuvent m'inspirer. Mais daignez m'excuser si, dans un tel moment, ma passion sort des bornes d'un amour vul-
gaire; mon ivresse ne peut se peindre
par les lieux communs qui se débitent
ordinairement : le jour où je vais unir
ma destinée à celle de la femme la plus
noble et la plus aimable est certain...

— Arrêtez, Don Lope, dit Leonor
d'un ton sérieux ; je ne veux pas dis-
cuter sur la grandeur de votre passion

au moment où j'ai une prière à vous adresser ; car c'est à votre tour de consentir à une demande qui peut-être vous paraîtra étrange.

— Est-il donc nécessaire d'assurer que tous les désirs de ma chère Leonor sont des lois pour moi?

— Malgré la ferveur de votre amour, reprit Leonor, vous avez désiré hier que notre mariage fût retardé d'un jour ; maintenant vous ne pouvez me refuser la même grâce ; et j'ai des raisons particulières pour souhaiter que la cérémonie soit différée d'un mois.

—Un mois! oh! Ciel! que dites-vous?
— Un mois entier !

—Oui, Monsieur, dit Leonor avec émotion, un mois! une année même si les circonstances l'exigent ; cela m'est absolument indifférent.

En prononçant ces mots, elle s'éloigna de Gomez Arias consterné.

— Je suis perdu ! s'écria-t-il après

quelques momens de silence : Leonor me croit coupable ; je n'en puis douter d'après l'indifférence qu'elle a affectée pendant toute notre conversation, et son agitation en me quittant. Mais quoi ! ce revers de fortune serait-il capable de me terrasser, après m'être vu forcé d'user de tant de cruauté pour arriver à l'accomplissement de mes projets ? Non, je ferai tête à l'orage.

Don Lope resta quelque temps plongé dans de profondes réflexions, cherchant quel était le parti le plus prudent à prendre dans une position aussi difficile, enfin il se décida.

— Avec de l'audace et du calme, je dois réussir à me tirer d'embarras ; et puisque je ne redoute ni Theodora, ni Roque, je n'ai besoin que de m'entendre avec le comte de Ureña ; mais comme son secours m'est absolument nécessaire, je lui ferai un demi-aveu.

Cette résolution prise, Gomez Arias

fit prier Leonor de le recevoir, et lui annonça d'un ton fier et offensé qu'il consentait à ce qu'elle lui avait demandé. Puis il la quitta à l'instant et sans attendre sa réponse. Passant de là chez Aguilar, il se plaignit amèrement de la manière étrange dont lui et sa fille Leonor venaient d'agir, et il ajouta :

— Si Don Alonzo a quelques raisons pour douter de mon intégrité, il doit parler hautement, afin que je puisse repousser la calomnie: mais si c'est un caprice qui porte Leonor à ce changement à mon égard, qu'elle le dise franchement. — Jamais Gomez Arias ne forcera l'inclination d'une femme, et je la dégagerai à l'instant même de toutes ses promesses.

Tant de générosité et de fermeté frappèrent Don Alonzo et lui firent croire à la sincérité de Gomez Arias. Aguilar avait l'âme trop noble pour

imaginer que le crime pût imiter si
parfaitement le ton de l'innocence , et
quoiqu'il trouvât dans la fuite de Theodora et dans tous les évènemens qui
l'avaient suivie, assez d'indices pour
faire présumer que Gomez Arias était
fortement impliqué dans cette affaire ,
il répugnait, n'ayant pas de preuves
convaincantes, à ébruiter un évènement qui pouvait faire tant de tort à
ce jeune guerrier aux yeux du monde.
Léonor devait nécessairement être, bien
plus que son père, effrayée du moindre
soupçon planant sur la conduite de
son amant, aussi était-ce elle qui avait
demandé que le mariage fût retardé
d'un mois, afin que tout pût s'éclaircir.

Pendant ce temps, Gomez Arias ap-
pelait à son secours toute son adresse,
car il sentait que dans une position
aussi désespérée que la sienne, il fallait avoir recours aux grands remèdes.

Il continua à venir chez Aguilar,

mais toutefois avec moins de confiance
qu'auparavant ; et voyant avec quelle
estime Don Antonio de Leyva était
traité par Aguilar et par sa fille, il s'empressa de saisir cette circonstance pour
affecter un grand mécontentement et
pour dire que c'était l'attachement de
Leonor pour le jeune de Leyva qui l'a-
vait portée à douter de la fidélité d'un
amant sincère, et à le traiter avec froideur.

Mais toutes les plaintes et les sar-
casmes de Don Lope ne purent réussir
à ébranler les résolutions de Leonor.
Son orgueil avait été trop profondément blessé pour qu'elle n'en conser-
vât pas un vif ressentiment ; elle avait
d'ailleurs l'esprit trop juste et trop pénétrant pour ajouter encore foi aux
tendres protestations d'un homme dont
la noblesse de sentimens commençait
à lui sembler douteuse, et devenait le
sujet de toutes les conversations.

Pendant ce temps, Don Lope employait son adresse pour rejeter tous les torts sur les Aguilars, et pour donner à sa conduite l'aspect le plus favorable. Il ne cessait de se plaindre hautement de l'ingratitude dont on payait son affection, et de parler de se venger de Leyva, qu'il accusait de la fourberie la plus insigne.

En proie à tant de tourmens, il désirait ardemment qu'il survînt quelque chose qui pût faire oublier à la cour une affaire dans laquelle il était si désagréablement intéressé, et il fut encore favorisé par la fortune, qui amena tout-à-coup un évènement aussi terrible qu'inattendu.

CHAPITRE X.

La guerre est leur plus grande jouissance; dès
l'aube du jour ils marchent au combat avec
toute la gaieté qu'inspire un amusement fa-
vori; mais le jeune guerrier sur lequel reposait
la gloire de la journée, n'est le soir qu'un peu
de terre.   HOMB.

Toute la ville de Grenade était en
mouvement; dans chaque rue, dans
chaque place le peuple se pressait en
foule; on entendait un bourdonne-
ment perpétuel; toutes les physiono-
mies exprimaient la surprise et l'effroi;
les uns fuyaient comme poursuivis par
un danger imminent; les autres se
rassemblaient en groupes et parlaient
avec empressement; tous enfin vou-

laient raconter, et dans cette véhé-
mence de discours, bien heureux celui qui trouvait un auditeur attentif.
Tout ce trouble était causé par un
évènement bien important, car on
venait de recevoir la nouvelle de la
révolte de la Sierra Bermeja, et, pour
comble de malheur, on avait appris en
même temps que le terrible El Feri
de Benastepar, que l'on avait cru mort,
était non seulement vivant, mais
en état de recommencer une guerre
mortelle et de marcher sur Grenade à
la tête d'une nombreuse armée. Enfin
non seulement la ville d'Alhaurin et
les villages voisins de la Sierra Bermeja avaient pris les armes, mais la
rébellion paraissait s'étendre rapidement dans toute la province environ-
nante.

Ces nouvelles irritaient vivement
les Chrétiens; mais leur fureur redou-
blait à la vue de leurs concitoyens atta-

chés à la croyance mahométane, dont
l'insolence triomphante décelait une
haine dissimulée qui n'attendait qu'un
prétexte pour éclater. Enfin Grenade
serait bientôt devenue le théâtre de
querelles sanglantes, si le comte de
Tendilla ne s'était empressé de réta-
blir la tranquillité publique, de dissi-
per les groupes séditieux, et de faire
taire les mécontens, en ordonnant que
la ville fût continuellement parcourue
par des patrouilles de fidèles vétérans.

La Reine était vivement irritée contre l'esprit de rébellion de ses nouveaux sujets; et elle venait de faire
proclamer derechef les lois rendues
non seulement contre les auteurs et
les complices de la révolte, mais en
outre contre tous ceux qui auraient la
moindre communication avec les coupables. Quant à Alonzo de Aguilar, ses
traits nobles et mâles exprimaient fortement l'indignation, lorsqu'en pré-

sence de toute la cour il prit l'étendard
de la Croix et s'écria avec courage et
enthousiasme :

— Je jure, par le signe sacré empreint
sur cette bannière, et par la gloire de
ma maison, de ne rentrer dans Grenade
que lorsque la rébellion sera extermi-
née, et les rebelles punis : je veux
qu'avant la fin de ce mois, El Feri de
Benastepar ou don Alonzo de Aguilar
ait cessé de vivre.

Des cris de joie répondirent aux
nobles sentimens du vieux guerrier,
et la reine ordonna que dès le jour
suivant toutes les forces disponibles
marchassent vers la Sierra Bermeja
sous les ordres de Aguilar, de son fils,
du comte de Ureña et de Don Antonio
de Leyva ; enfin les troupes de Jaen et
de toute la Castille eurent ordre de se
tenir prêtes à obéir au commandement
de l'alcade de los Donceles et du comte
de Cifuentes.

Gomez Arias saisit avec d'autant plus d'avidité cette occasion que lui offrait le sort d'acquérir de nouveaux droits à l'estime et aux faveurs de sa Souveraine, qu'il s'était aperçu que depuis peu de temps elle le traitait avec une sorte de froideur bien différente de la bienveillance dont elle l'avait jusque là honoré.

Son orgueil aurait pu se sentir blessé de n'être pas du nombre des capitaines désignés pour partir avec Aguilar; mais il était loin d'en être fâché, car il sentait qu'il n'acquerrait aucune gloire en étant soumis aux ordres de Aguilar, dont la réputation immense et la valeur reconnue devaient faire oublier tous les talens moins remarquables qui l'entouraient. Enfin se trouvant heureux de n'être pas gêné par la subordination due à un supérieur, son esprit ardent et ambitieux découvrit bientôt qu'un côté de la province

révoltée avait été entièrement négligé
dans les dispositions faites à la hâte ,
et conçut l'espoir de se servir avec
avantage de cette découverte.

Dans cette résolution , il obtint une
audience de la Reine, et lui demanda
sa permission pour former et commander une compagnie particulière. La réputation qu'il s'était acquise l'autorisait
à réclamer une telle faveur ; aussi Isabelle, à qui les manières nobles et élé-
gantes de Don Lope avaient toujours
plu , fut satisfaite de pouvoir fournir
un nouveau champ à sa gloire, et bientôt, en lui souhaitant le plus heureux
succès dans son entreprise, un sourire
gracieux remplaça la froideur avec laquelle elle l'avait accueilli. D'ailleurs
la justice exigeait que l'on consentît à
la demande de Gomez Arias; car c'eût
été une chose tout-à-fait inconvenante
qu'un homme estimé comme un des
plus courageux restât dans l'oubli,

tandis que les meilleurs capitaines Espagnols, tous ses frères d'armes, par-
tageaient les périls et la gloire de cette
guerre honorable.

Gomez Arias, ayant obtenu l'assentiment de la Reine, s'occupa de tous
les arrangemens nécessaires avec l'ar-
deur qui lui était naturelle ; et poussé
en outre par l'ambition et le désir de
forcer Leonor à reconnaître sa valeur,
enfin d'ajouter à sa gloire sans le devoir aux orgueilleux Aguilars, il appela
à lui tous ceux de ses amis sur lesquels
il avait de l'ascendant, et tous les sub-
ordonnés de plusieurs familles nobles
auxquelles il était allié; cependant tous
ces volontaires, déterminés seulement
par leur zèle ou leur haine des Maures,
ne furent pas en état de partir en même
temps que l'armée de Don Alonzo.

Celle-ci se mit bientôt en marche ;
mais avant de quitter Grenade, elle se
rendit pieusement à la Cathédrale, où

le service divin fut célébré avec la plus
grande pompe pour appeler les béné-
dictions du Ciel sur ses serviteurs. L'ar-
chevêque parla éloquemment aux Chrétiens de leurs devoirs et de l'honneur de
cette expédition; promettant la gloire à
ceux qui en reviendraient, et une cou-
ronne éternelle à ceux qui périraient
pour la défense de la religion et de la
patrie. Ensuite on bénit les drapeaux,
et enfin toute l'armée se dirigea vers les
portes d'Elvire par lesquelles elle devait sortir de la ville.

La journée était des plus belles; aucun nuage n'obscurcissait la pureté du
Ciel, et les rayons du soleil dardaient
avec force et se multipliaient sur les
casques étincelans et les uniformes des
guerriers. L'air retentissait sans cesse
du son bruyant de la trompette, du
clairon et des autres instrumens mili-
taires, et des acclamations d'une multi-

3.   9.

tude rassemblée pour assister au départ de l'armée Chrétienne.

Une partie du peuple couvrait les
murs de la ville, mais d'autres personnes suivaient les troupes le long
de la Vega, comme voulant jouir plus
long-temps du spectacle si brillant et
si intéressant d'une armée marchant
avec tant de bravoure au combat, et
accompagnée par tout un peuple adressant au Ciel d'ardentes prières pour ses
compatriotes.

Mais combien cette foule était agitée
par des passions différentes! Que de
cœurs animés par de tendres sentimens
ou par l'amour de la gloire! La guerre
a par elle-même une magnificence et
une noble dignité qui élèvent l'âme
jusqu'à l'héroïsme, mais qui en même
temps réveillent toujours au fond du
cœur un sentiment de crainte; et tandis que le guerrier s'élance vers la victoire, peut-être même, hélas! vers la

mort, avec un enthousiasme si courageux et si dévoué, les dangers qu'il ne
peut apercevoir font battre de frayeur
d'autres cœurs tendres et timides.

On voyait au milieu de cette foule
le vieillard vénérable dont les yeux af-
faiblis brillent de nouveau à la vue de
cet appareil militaire; il soupirait du
regret de ne pouvoir plus prendre part
à des actions de péril et de gloire ; il élé-
vait vers le Ciel ses mains tremblantes,
non pour lui demander de laisser vivre
son fils, mais pour que sur le champ
de bataille il se conduisît en homme
et en Espagnol.

Près de lui, est une tendre épouse
qui contemple ce départ dans une douleur silencieuse, et dont les yeux bai-
gnés de larmes sont fixés sur cette
masse de guerriers au milieu de laquelle est celui qu'elle aime par-dessus
tout au monde. Elle tient dans ses bras
un jeune enfant doucement endormi,

tandis qu'un autre, assez grand pour
aimer ce spectacle brillant, marche près
d'elle et la regarde avec des yeux animés par une joie enfantine; il s'étonne
de la voir affligée, car son cœur innocent ne découvre encore aucun sujet
de peine, et cependant ses larmes cou-
lent parcequ'il voit sa mère pleurer.

Enfin, plus loin de la foule, et s'efforçant de cacher à tous les yeux sa
douleur, est la Vierge timide, dont le
cœur pur connaît les douces émotions
de l'amour et qui écouta avec délices
la tendre promesse d'être aimée toujours. Son regard erre avec agitation
sur l'armée, dans l'espérance d'apercevoir encore une fois l'objet de ses plus
vives affections qui s'est arraché de ses
bras et qui a fui son doux sourire
pour des scènes de sang et de désola-
tion. Que de craintes différentes tour-
mentent son cœur! Peut-être ne le re-
verra-t-elle jamais! Peut-être il trou-

vera la mort dans le combat; ou bien
encore il peut revenir victorieux mais
infidèle ; son cœur orgueilleux pourra
mépriser l'amour de celle qui n'a cessé
de pleurer en son absence.

Mais il était aussi d'autres femmes
douées de plus de fermeté et de plus
de courage, et qui, comme Leonor de
Aguilar, étaient animées par-dessus
tout de l'amour de la gloire de leur
patrie, et qui imploraient le Ciel bien
plus pour l'honneur de ceux qu'elles
aimaient que pour leur vie; celles-là,
animées et élevées par un feu céleste
au-dessus de leur nature, étaient fières
de voir leur amant marcher à la victoire.

Telles sont quelques unes des émotions que fait naître le départ d'une armée, car il en est d'autres encore qu'on
essaierait vainement de retracer. La
crainte s'empare peut-être de la plupart des cœurs tendres condamnés à

rester dans leurs foyers, mais l'espérance marche en avant et ses illusions
brillantes embellissent l'anxiété. Le
soldat dit un adieu gai et insouciant à
ceux qu'il est peut-être condamné à ne
jamais revoir; et les tendres larmes qui
lui répondent seront peut-être bientôt
versées par une douleur amère.

FIN DU TOME TROISIÈME.

Collection de Romans Ecossais,
Par Sir Walter Scott.
140 VOL. IN-12. PRIX : 420 FR.
N. B. Chaque ouvrage se vend séparément.

Collection de Romans Ecossais,
Par Sir Edward Maccauley.
17 VOL. IN-12. PRIX : 51 FR.

Collection de Romans Suisses,
Par Henri Zscbokke.
13 VOL. IN-12. PRIX : 39 FR.
N. B. Chaque ouvrage se vend séparément.

Collection de Romans Anglais,
Par M. Horace Smith.
20 VOL. IN-12. PRIX : 60 FR.
N. B. Chaque ouvrage se vend séparément.

Collection de Romans Américains,
Par James Fenimore Cooper.
32 VOL. IN-12. PRIX : 96 FR.

Collection de Romans Espagnols,
Par Don Telesforo de Trueba y Cosio.
9 VOL. IN-12. PRIX : 27 FR.
N. B. Cette Collection se composera de plusieurs romans.